TRISTE NÃO É AO CERTO A PALAVRA

GABRIEL ABREU

Triste não é ao certo a palavra

Romance

Copyright © 2023 by Gabriel Abreu

Grafia atualizada segundo o Acordo Ortográfico da Língua Portuguesa de 1990, que entrou em vigor no Brasil em 2009.

Capa
Bloco Gráfico

Imagens de capa e miolo
Acervo do autor

Preparação
Cristina Yamazaki

Revisão
Camila Saraiva
Gabriele Fernandes

Os personagens e as situações desta obra são reais apenas no universo da ficção; não se referem a pessoas e fatos concretos, e não emitem opinião sobre eles.

Dados Internacionais de Catalogação na Publicação (CIP)
(Câmara Brasileira do Livro, SP, Brasil)

Abreu, Gabriel
　　Triste não é ao certo a palavra : Romance / Gabriel Abreu.
— 1ª ed. — São Paulo : Companhia das Letras, 2023.

　　ISBN 978-65-5921-502-7

　　1. Ficção brasileira I. Título.

22-139471   CDD-B869.3

Índice para catálogo sistemático:
1. Ficção : Literatura brasileira   B869.3

Inajara Pires de Souza – Bibliotecária – CRB PR-001652/O

Todos os direitos desta edição reservados à
EDITORA SCHWARCZ S.A.
Rua Bandeira Paulista, 702, cj. 32
04532-002 — São Paulo — SP
Telefone: (11) 3707-3500
www.companhiadasletras.com.br
www.blogdacompanhia.com.br
facebook.com/companhiadasletras
instagram.com/companhiadasletras
twitter.com/cialetras

Para Miriam, Vera e Morgânia

As recordações estão entre as coisas menos confiáveis que um ser humano possui.

Aleida Assman

A palavra "mãe" é a mais antiga do mundo, é a primeira palavra que todos os homens dizem.

Afonso Cruz

1.

Das lembranças que ainda guardo de você:

Tuas mãos, teus dedos ao mesmo tempo grossos e delicados. A maneira hábil como manuseavam objetos ou ofereciam afagos.

Tua paixão inabalável pelo trabalho.

Teu estilo. A forma segura com que se apresentava para o mundo.

Teu amor pelos filhos.

Uma caixa de papelão contendo um diário, centenas de fotografias e sessenta e oito cartas.

Mãe,

2.

Acho que nunca escrevi uma carta para você. Procurei, sem sucesso, por alguma correspondência nossa na pasta onde guardo documentos passados. Tampouco fui capaz de encontrar mensagens tuas no meu celular. Não há, ao que parece, nenhum registro de comunicação entre nós. Qualquer troca que tivemos precedeu as novas configurações de backups constantes e o meu atual hábito de autoarquivamento compulsivo. Tenho, no entanto, um vídeo teu, gravado pelo celular em uma viagem a Miami anos atrás, quando a tecnologia daquele tipo de registro ainda era algo novo. Filmei você andando pelos corredores de uma loja de departamentos, pedindo que eu traduzisse o rótulo dos produtos, completamente absorta na procura por um hidratante que tua amiga havia recomendado, sem saber que aquele permaneceria um dos poucos vestígios mais recentes da tua existência. Além disso, na minha caixa de entrada, encontrei uma única mensagem que recebi de você, enviada em setembro de 2011, pouco depois de eu ter deixado tua casa e me mudado para outra cidade, quando passei algumas semanas acometido por aquele tipo de melancolia trazida pelas grandes mudanças. No e-mail, você falava sobre solidão. Dizia que momentos como aquele podiam ser oportunos para nos conhecermos melhor, para descobrirmos o que desejamos, para aprender a lidar com as adversidades. Recomendava que eu fosse chorar no banheiro até que o nó na minha garganta fosse desatado e pedia que eu descansasse e confiasse que o dia seguinte, assim como todos os outros em frente, seria diferente. Releio essa mensagem diversas vezes como um mantra, em busca de algum estado contemplativo em que eu possa sentir tua presença. Examino o endereço do remetente, a data e a hora do envio, na esperança de que desse conjunto de dados possa emanar alguma centelha do teu espírito. Apego-me a esses parcos registros, as últimas relíquias que guardo de você. Eram tudo o que eu tinha. Até ontem.

3.

1º dia — 08/01/93 — sexta-feira

Meu nome é G. Nasci às 21h15 com 3,650 kg e 50 cm de comprimento.
Nasci na clínica São Vicente (Gávea) Rio de Janeiro.
Havia muitas pessoas esperando eu nascer:
Vovô P.
Vovó H.
Vovó O.
Tia M.
R.
N.

Meu parto foi cesariana porque eu estava com preguiça de sair. O meu cordão umbilical estava enroscado no pescoço mas não apertou, e eu nasci bonito e forte.

4.

I. JÁ QUE O QUE QUERO, NO MOMENTO NÃO POSSO

A caixa de papelão era um dos últimos itens na estante. Nunca a havia notado ali, no canto mais alto da prateleira. Nada tinha mudado de lugar. O cômodo, a casa inteira, tudo estava como sempre. A vida fora suspensa com tudo dentro. Feito acordar de manhã e encontrar sobre a mesa os restos ainda postos do jantar. Ele sabia que a permanência das coisas servia a um propósito muito claro. Nada fora deslocado, pois isso seria a confirmação da perda. Conservaram todos os móveis, a papelada e os objetos do dia a dia como uma forma de preservar sua presença. Ela que escolhera cada um daqueles itens: a pequena mesa circular de mármore com pés de madeira, o tapete paquistanês com diversos desenhos geométricos, os quadros que espalhou pelas paredes. Os objetos traziam consigo resquícios de uma identidade, conservavam através do tempo a densidade das escolhas passadas. Foram mantidos ali como se nada houvesse acontecido. Ainda assim, eram a lembrança constante de que aquilo era tudo o que restava.

Talvez por isso mesmo, o pai decidira se desfazer de tudo havia algumas semanas. Pela primeira vez na vida, começou a ir à missa aos domingos e, na recém-adquirida fé, descobriu algo novo a que se apegar. Ligou para o filho e disse que levasse o que quisesse e vendesse o resto. Que procuraria um apartamento menor que acomodasse a pequenez de sua velhice. O filho tentou dissuadi-lo. Aquele não era o melhor momento para vender a casa, nunca conseguiria um preço justo pelo imóvel para o qual tanto havia trabalhado. O mercado reaqueceria e no momento certo ele o ajudaria a encontrar um comprador. Mas o pai já não se importava com nenhuma dessas lógicas, sentia ter chegado a um momento da vida em que já não precisava medir suas motivações com o bom senso. Tomara sua resolução e não a mudaria, da mesma forma autocrática como sempre regera a família.

Inicialmente acometido pela coceira da ganância pelo que acreditava ser seu patrimônio, o filho logo tratou de rechaçar o sentimento mesquinho e se colocou à disposição. Vendeu a maioria dos móveis em grupos de usados na internet, mas o pai insistiu que ficasse com alguns. Sentiu a culpa usual que vinha acompanhada de toda simpatia que o velho lhe prestava, dos maiores favores aos agrados mais singelos e raros, deixando-o sempre com um sentimento de débito, que ele por vezes desconfiava ser proposital. No passado isso o incomodava mais, mas com o tempo percebeu que as benesses que recebia seguindo aquela mesma rotina eram maiores que seu orgulho e por isso se resignara.

Levou um dos sofás, uma cristaleira antiga, uma pequena mesa de cabeceira, alguns talheres de prata, uma panela grande ainda em bom estado, algumas taças poeirentas e um ou outro tapete que mandaria lavar. Meteu dentro do carro tudo o que pôde, tentando disfarçar a pressa, com medo de deixar sua canalhice de abutre aparente aos vizinhos, informando que vinha mais tarde na semana buscar o sofá com a picape de um amigo. Já quase se despedindo no portão, o pai perguntou se não queria levar também os livros da mãe. Disse que estavam mofando e recomendou que os deixasse abertos no sol por algumas horas para tirar o cheiro. O filho pensou em recusar, falar que não tinha espaço, mas o porta-malas abarrotado o deixou sem graça e, mais uma vez, aquiesceu.

Voltou à biblioteca onde havia alguns poucos livros abandonados, títulos de ficção, autores motivacionais, um ou outro volume de uma enciclopédia. Não se interessou particularmente por nenhum deles. Não tinha na memória uma imagem nítida da mãe lendo à noite deitada na cama, na mesa do café da manhã ou à tarde nos fins de semana. Já não conseguia recordar-se de suas ações mais corriqueiras e por isso não podia ter certeza se de fato fora uma leitora ou se aquela era mais uma parte sua que ele já havia perdido. Tentou por um instante formar o traço de uma personalidade baseando-se naqueles livros, como frequentemente fazia com esses vestígios que logo transformava em relíquias. Ela guardara mais de um título de Richard Bach, entre eles *Fernão Capelo Gaivota*, que ele sabia ser um dos favoritos da mãe. Ele o lera havia alguns anos quando estava na faculdade. Não achou muita graça na história do pássaro que tentava à exaustão aperfeiçoar seu voo, mas gostou de ela ter guardado por todo aquele tempo o livro de que tanto falava. Puxou uma cadeira para alcançá-lo na última prateleira quando notou no canto uma caixa de papelão amarelado com uma pequena etiqueta na lateral trazendo as iniciais do nome dela. Sem nem mesmo abri-la, ajeitou tudo debaixo do braço, despediu-se do pai e partiu.

5.

3º dia — 10/01/93 — domingo

Mamãe ainda não tem leite no peito e eu já estou faminto, começo ganhar complemento na mamadeira à noite.

4º dia — 11/01/93 — segunda-feira

Minha mãe não tem leite suficiente para mim. Estou com muita fome. dr. N. e dra. M. H. nos liberaram de manhã. O check-out na clínica demorou muito. Papai teve que ir trabalhar e foi o vovô P. que nos trouxe p/ casa.

Cheguei em casa às 13h00 (eu faminto) mamãe sem leite no peito e a casa sem mamadeira. Papai chegou p/ me socorrer às 14h00 com leite de latinha Nan 1.

Nesta noite ajudada pela tia M. e a N. mamãe tirou colostro com a bombinha e eu mamei. Me recuso a mamar no peito.

5º dia — 12/01/93 — terça-feira

Estou ficando bonito, durmo e mamo muito. Continuo tentando o peito mas não gosto e tem pouco leite.

11º dia — 18/01/93 — segunda-feira

O dia transcorreu tranquilo e à tardinha minha mãe voltou a insistir com o peito (não gosto nada disto).

6.

NUTRIDRINK COMPACT PROTEIN SABOR BAUNILHA é indicado para suplementação de nutrição enteral/oral conforme prescrição de profissional de saúde em casos de desnutrição calórico-proteica ou risco nutricional durante os períodos pré e pós-operatório, para pacientes com restrição de volume e necessidade calórica e proteica aumentada, pacientes debilitados com baixa ingestão de proteínas ou com mobilidade limitada e pacientes geriátricos. Não deve ser consumido como única fonte nutricional.

Composição: Fórmula modificada para nutrição enteral ou oral, nutricionalmente completo, hipercalórico (2,4 kcal/ml), hiperproteico (24% VET) e normolipídico, de baixo volume e alta densidade calórica e proteica.

Instruções de uso: Agite bem antes de usar. Nutridrink Compact Protein é pronto para uso e pode ser consumido em temperatura ambiente ou preferencialmente gelado.

Sugestão de consumo: 1 a 2 unidades por dia, ou conforme recomendação de médico ou nutricionista.

Conservação: Conservar em local seco e fresco. Após aberto, deve ser conservado em refrigeração entre 2°C e 8°C por no máximo 24h.

7.

Parecer de Avaliação Neuropsicológica

M.
59 anos
11 anos de escolaridade
12/05/15

MOTIVO: Encaminhada pelo dr. R. para avaliar condições cognitivas com queixas de alterações no comportamento e na memória.

RECURSOS: Escala Beck de Depressão. Exame Cognitivo de Addenbrooke (versão revisada/MEEM), nomeação de Boston, relógio, conceitualização, fluência verbal semântica e fonológica, memória de fixação e evocação de palavras, Trilhas A e B

ANÁLISE E CONCLUSÃO: O estudo das funções cognitivas

revela um declínio na fluência verbal, especialmente fonológica, conceitualização e funções executivas, mas ainda não em grau e abrangência compatível com demência (variante comportamental da DFT???). Entretanto, são achados não esperados para sua idade e escolaridade. Sem sintomas depressivos e uso de medicamentos que justifique o rebaixamento.

Recomendo reavaliar entre 3 e 4 meses sem custos adicionais neste período.

R.
Psicóloga
CRP 07/03***

8.

II. A CONTAGEM REGRESSIVA DOS DIAS JÁ PODE
INFELIZMENTE PARAR

Entrou no elevador e apertou o botão com a quina
da caixa de papelão que carregava. Olhando no espelho, percebeu que em seus braços ela era maior do que
aparentava ser na grande prateleira quase vazia. A grade pantográfica se abriu em seu andar e ele empurrou a
segunda porta de metal com o corpo, apoiando a caixa
logo depois sobre a balaustrada da escada para pegar a
chave do apartamento. Nunca chegou a comprar um cha-
veiro e por isso carregava a chave solta dentro do bolso
da calça como se fosse uma moeda esquecida ou um papel amassado. Largou a caixa sobre o balcão da cozinha,
se atirou na poltrona e acendeu um cigarro. Deu algumas tragadas olhando ao redor, satisfeito com a ideia de

que ali podia fumar dentro de casa, algo que sempre lhe pareceu arbitrário e libertador, além de um tanto subversivo.

Fumou o primeiro cigarro com dezesseis anos. Comprou ele mesmo o primeiro maço por um desejo de perturbar a ordem das coisas, uma forma prudente de flertar com o caos, e fumou à noite no parquinho do condomínio onde morava. Sentiu-se um insurgente enquanto tragava a fumaça sentado no pequeno balanço de madeira onde mal cabia. Logo passou a fumar escondido em casa. Refugiava-se no fundo do quintal quando já estava escuro e, enquanto observava a casa iluminada pelo luar, acendia seus cigarros de cravo que deixavam um gosto doce nos lábios. Sentia prazer com o delito encoberto, como se assim pudesse recuperar uma breve privacidade em um meio onde quase nada lhe pertencia. Seu tempo e espaço eram invadidos na rotina da casa com demandas sutis, da ordem das obrigações silenciosas que se criam no núcleo íntimo de toda família. Passou a infância preenchendo como água as lacunas emocionais que se formavam naquela estrutura, transformando-se em uma impressão fiel do molde tortuoso em que fora criado. Vivia entre a carência da mãe e a escassez do pai, empenhado em sustentar a frágil harmonia do ambiente doméstico da qual dependia, adaptando-se para atender, tanto quanto possível, às necessidades emocionais dos outros a despeito das próprias. Pouco espaço lhe sobrava para uma investigação criativa e espontânea de qualquer individualidade, e o hábito de se ocultar e se adequar às exigências da função que devia cumprir naquele organismo perdurou, mesmo já adulto, quando, em suas visitas, continuava se esgueirando para a área de serviço a fim de acender um cigarro sorrateiro depois do almoço. Por vezes, cruzava com o pai no caminho e era acometido pela sensação inflamada do flagrante. Enrolava-se para encontrar alguma explicação coerente para sua presença ali, mesmo que isso não lhe fosse cobrado explicitamente, e muitas vezes acabava se confessando. Ainda assim, nunca foi visto com um cigarro na boca, o que seria de fato a prova cabal daquela ilicitude, a confirmação da falha. No passado, essa camuflagem era uma parte determinante de sua personalidade, um instinto que garantia sua sobrevivência. Conforme cresceu e se afastou daquele meio, pôde aos poucos se eximir de algumas daquelas predestinações. Mas ainda hoje, sempre que retornava, sentia-se impelido a reencenar o mesmo papel em um costume que passou a ser mais uma perversa tradição familiar em meio às tantas que conduziam aquele ecossistema.

Apagou o cigarro. A vista do apartamento dava para um conjunto de prédios distantes numa mistura de estilos característicos daquele bairro. Reclinado na poltrona, desenhou com o dedo uma linha imaginária no contorno dos edifícios, seguindo as retas e curvas que se sobrepunham umas às outras. Da janela da cozinha, ele sentia o cheiro de fritura que subia do boteco ao lado da entrada do prédio. O pequeno conjugado que alugara quase um ano antes permanecia relativamente vazio, mas percebia-se que havia algum propósito discreto na maneira como os poucos objetos eram dispostos pelo espaço. A poltrona em que agora sentava, comprada em um mercado de rua do bairro, era feita de um couro velho e escuro com alguns pequenos rasgos por onde se podia enxergar a espuma amarela do enchimento. Junto ao balcão da cozinha, duas banquetas de ferro e madeira compradas no mesmo mercado tinham um aspecto industrial que condizia com a luminária retrátil que ele mesmo instalara sobre o balcão, depois de encontrá-la num bazar de um restaurante falido, onde era usada com uma lâmpada incandescente para aquecer os pratos recém-preparados enquanto esperavam para ser servidos. Seus livros espalhavam-se pelo cômodo, enfileirados junto ao rodapé ou empilhados ao lado da cama, e em um outro canto repousavam pequenos vasos de jiboias-verdes, das quais ia fazendo novas mudas, que replantava. Fora um único pôster emoldurado de um documentário obscuro de Walter Ruttmann, as paredes brancas eram completamente nuas. Os móveis que buscou na casa do pai serviriam para complementar a decoração modesta do apartamento, ao qual sempre quis atribuir um clima um tanto minimalista e desafetado. Queria que o espaço transparecesse sua personalidade descontraída e despretensiosa, chegando ao ponto de, quando recebia alguém em casa, deixar algumas bitucas displicentes no cinzeiro ou qualquer revista aberta sobre a mesa da cozinha, junto de uma ou outra louça suja. Quando ficava novamente sozinho, arrumava tudo e depois sentava-se em silêncio na sala quase vazia, comprazendo-se com a serenidade que aquele lugar lhe trazia até que ela se tornasse insuportável. Nesses momentos que restavam, como agora, quando apagava o cigarro sentado na poltrona, ele se via flutuando como um floco de poeira na quietude do apartamento e era então obrigado a confrontar a própria farsa. A decadência irônica que planejara para a própria imagem começava a lhe incomodar como falência real de suas expectativas. Em vez de um jovem misterioso, sentia-se um sujeito confuso e desconfiado, perdido naquela quitinete mal-arranjada, tendo que desviar dos bêbados que montavam guarda no boteco vizinho durante a madrugada. Toda vez que passava por ali, se imaginava transformando-se em um deles. Em alguma noite mais quieta em que faltasse uma cerveja na geladeira, desceria discretamente até o bar. Algum dos clientes embriagados diria algo engraçado e lhe ofereceria um copo cheio, que aceitaria, já que nada o esperava em casa. Prometeria a si mesmo que seria só aquele copo, mas os outros continuariam fazendo graça e, para sua surpresa, acabaria se divertindo. Logo as coxinhas gordurosas seriam mais tentadoras do que nunca e, por sugestão bem-humorada de seus novos amigos, passariam da cerveja para algo mais forte. Ele diria a si mesmo que aqueles eram trabalhadores em sua mais autêntica e honesta catarse, que até então havia repudiado por sua arrogância pequeno-burguesa. Mal perceberia e já teria amanhecido, e no dia seguinte talvez estivesse ali de novo, e se então passasse por si mesmo e não se reconhecesse, teria se esquivado e evitado a si mesmo como mais um bêbado preso àquela sarjeta.

Por fim acendeu mais um cigarro para anuviar aqueles pensamentos e abriu a caixa com as iniciais da mãe, sobre o balcão da cozinha.

9.

■ 11º DIA - 18/01/93 - SEGUNDA-FEIRA

O DIA TRANS CORREU TRANQUILO E
A TARDINHA MINHA MÃE VOLTOU A INSIS
TIR COM O PEITO (NÃO GOSTO NADA DISTO)

■ 12º DIA - 19/01/93 - TERÇA-FEIRA

DORMI NO BERÇO DE TERÇA P/ QUARTA,
NÃO GOSTEI, PAPAI COMPROU UM COLCHÃO
MUITO DURO P/ MIM.

■ 13º DIA - 20/01/93 - QUARTA-FEIRA

SUO BASTANTE, MAMÃE LEVOU UM SUSTO
QUANDO ME VIU CHEIO DE PINTINHAS
VERMELHAS E LIGOU P/ O MÉDICO ERAM
BROTOEJAS. GOSTO MUITO QUE ME EMBA-
LEM NA CADEIRA DE BALANÇO.

■ 3ª SEMANA
QUINTA FEIRA - DIA 28/01/93

ESTA SEMANA FOI COMPLICADA. NA
SEGUNDA-FEIRA COMECEI FICAR RESFRIADO
E COM POUCA FOME. NA TERÇA AMANHECI
COM O MEU NARIXINHO TOTALMENTE EN-
TUPIDO, A CONCEIÇÃO FOI EMBORA E
A MINHA MÃE TEVE QUE ME EMBALAR

10.

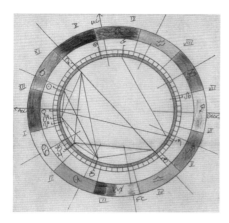

Nome: M.
Hora oficial: 8h30
Data: 16/5/55
Local: Lages
Lat.: 27°48'
Long.: 50°19'
Sexo: ♀

Pode negar-se amor porque, pelo fato de não se amar ou de não ser capaz de compreender seu próprio valor, tem medo de que também os outros possam julgá-la indigna de ser amada. Aprisionada em seu próprio sentimento de inferioridade, você dá a impressão de que está sempre se vigiando e dificilmente consegue relaxar.

Contudo, a oportunidade oferecida é muito importante, pois você consegue encontrar e desviar o foco da sua personalidade — do ego para este eu mais significativo. Uma vez que encontre o segredo da própria identidade, jamais tornará a perdê-lo.

É capaz de dar muito amor e devoção, mas não se atreve a manifestar essas coisas sem pedir uma garantia em troca; só pode começar a se libertar disso ao identificar esse processo inconsciente de pergunta. Começa a compreender que seu caminho é para dentro, em direção ao seu eu, então pode começar a ver que espécie de oportunidade lhe está sendo oferecida.

M. L. Piovesan
ASTRÓLOGA

11.

M.,

O caderno no fundo da caixa por pouco não se desfaz ao meu toque. Removo-o com cuidado e noto que a capa de couro antigo descasca em vários pontos. As páginas têm aquele aspecto familiar de papel envelhecido, com uma tonalidade mais amarelada e pequenas manchas marrons. Reconheço a tua caligrafia. Letras de fôrma em um estilo geométrico próprio da tua profissão de arquiteta. Leio a primeira anotação: *Nasci às 21h15 com 3,650 kg e 50 cm de comprimento.* É um diário, um diário do meu primeiro ano de vida. Percorro essa e outras entradas nas páginas empalidecidas pelo tempo. O registro da primeira vez que sorri, de um dente que despontou antes da hora, do doutor que disse que faço parte do grupo de dez por cento dos bebês mais altos do país. As palavras são tuas, mas quem fala sou eu. Sou eu quem descreve todos os primeiros acontecimentos, quem relata todos os detalhes da história feito um narrador-personagem. Sou eu o protagonista, mas é você quem escreve. Nessa correspondência secreta em que mãe e filho dão voz um ao outro, você evoca minha primeira subjetividade e eu, tua nova identidade materna. Leio minhas próprias memórias e acho que consigo te escutar, como se você falasse de mim, para mim, a partir de mim, como se ainda habitássemos um mesmo corpo. Leio e acho que posso escutar tua voz (levemente anasalada, o ritmo calmo e o timbre doce, o sotaque que para mim nunca foi discernível, a primeira coisa que os outros notavam). Leio e decido repetir a história. Escrevo para te restituir a fala que você perdeu. Escrevo porque acredito que quem está aqui não é mais minha mãe e porque daqui não vejo mais as interseções entre o teu corpo e a tua mente. O corpo hoje é um corpo assistido, passivo, é um corpo alimentado, asseado e exercitado à força. Escrevo porque tua mente ficou na memória dos outros e hoje só se manifesta em resquícios, como nas poucas vezes em que você sorri e me pergunto se é a última vez. Ou como, quando ainda andava pela casa à tarde, parava ao lado da porta do meu antigo quarto e arriscava a cabeça para dentro, em busca de qualquer lembrança. Em algum canto recôndito da memória, você sabia o que havia se passado ali, você intuía que dentro daquele pequeno espaço assistira à tua cria crescer. Mas com a mesma casualidade com que procurava, curiosa, algo que lhe pertencia, logo abandonava aquela busca inútil e seguia teu vago caminho. Escrevo e te envio esta carta buscando o resgate de uma personalidade esvaída. Quem é você? Ou talvez já, quem foi você? O que te define então é a tua sanidade, as tuas faculdades mentais, tua profissão, teu papel de mãe? Ou só você aqui, sentada, olhando para o nada, para tudo, tal qual uma criança que, assim como eu, acaba de nascer? Escrevo para dizer que encontrei o caderno dentro da caixa no topo da estante e que ainda me lembro de você. Que você sobrevive, mesmo que não saiba disso.

Em outra linha no antigo diário, encontro: *Estou danado, parece que comecei a descobrir o mundo de uns dias para cá. Entendo tudo o que falam comigo, se não sei alguma coisa é só me mostrar que não esqueço mais. Falo muito, uma língua que só eu entendo.* Pergunto-me se você realmente não compreendia essa minha língua. Se ali, enquanto registrava minha descoberta do mundo, você já não ouvia, na tua própria voz, a minha. Se hoje não está, nesse idioma em comum, nossa única possibilidade de diálogo. Escrevo e envio esta carta para você para tentar reencontrar, em minha própria voz, a tua.

12.

Lembra de mim?

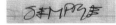

Sente-se presa?

Sente alguma coisa?

Sinto sua falta.

Quero poder te contar das coisas.

FALE

POSSO ENTENDER?

Me desculpe pela distância.

EU ENTENDO MAS TAMBÉM

TENHO SAUDADE

Me diz qualquer coisa.

SEJA FELIX

13.

Questionário de Beck

Nome:
Idade:
Data:

Este questionário consiste em 21 grupos de afirmações. Depois de ler cuidadosamente cada grupo, assinale o número próximo à afirmação que descreve melhor a maneira que você tem se sentido na última semana, incluindo hoje.

(0)   Não me sinto triste
(1)   Eu me sinto triste
(2)   Estou sempre triste e não consigo sair disso
(3)   Estou tão triste ou infeliz que não consigo suportar

(0)   Não estou especialmente desanimado quanto ao futuro
(1)   Eu me sinto desanimado quanto ao futuro
(2)   Acho que nada tenho a esperar
(3)   Acho o futuro sem esperanças e tenho a impressão de que as coisas não podem melhorar

(0)   Não notei qualquer mudança recente no meu interesse por sexo
(1)   Estou menos interessado por sexo do que costumava
(2)   Estou muito menos interessado por sexo agora
(3)   Perdi completamente o interesse por sexo

(0)   Não me sinto um fracasso
(1)   Acho que fracassei mais do que uma pessoa comum
(2)   Quando olho para trás, na minha vida, tudo o que posso ver é um monte de fracassos
(3)   Acho que, como pessoa, sou um completo fracasso

(0)   Tenho tanto prazer em tudo como antes
(1)   Não sinto mais prazer nas coisas como antes sente-se um pouco levante a cabeça coma alguma coisa
(2)   Não encontro um prazer real em mais nada em absolutamente nada em nada nada mesmo

(3)   Estou insatisfeito ou aborrecido com tudo até mesmo com você que é tão atencioso e que finge que tudo está normal como se fosse tudo uma fase como se fôssemos todos superá-la como se o apoio e a perseverança da família fossem suficientes para seguir em frente para se reerguer

(0)   Não me sinto   culpado
(1)   Eu me sinto culpado grande parte
(2)   culpado na maior parte do
                                        tempo
(3)   sempre culpado

(0)   Não me sinto decepcionado
(1)   comigo mesmo
(2)   enojado de
(3)   me odeio

                                pior que os outros
                                minhas fraquezas
                                    ou erros
(2)   me culpo   minhas falhas
                    por tudo de mal que acontece

            Não choro
(1)
                    o tempo todo

~~1~~3   Costumava ser capaz de chorar, mas agora
não consigo, mesmo que o queira

~~(2)~~   Perdi   meu interesse pelas outras
                                        pessoas

0)   tão bem quanto antes
          Adio

3   Absolutamente não consigo   tomar
                                        decisões

                              me matar
——   Tenho ideias   não as executaria
          Gostaria
                    se tivesse oportunidade

44

14.

III. POIS À NOITE É MAIS FRESCO E SE ENTENDE MAIS

Passou as manhãs seguintes investigando os conteúdos da caixa. Além do diário que a mãe escreveu na voz dele, encontrou ali dezenas de cartas recebidas por ela ao longo dos anos e centenas de fotografias que nunca tinha visto. Ela guardou também diversos documentos e anotações sem nenhuma conexão aparente, como se aquela caixa tivesse se tornado o destino imprevisto de tudo o que um dia julgou valer a pena preservar. Acordava cedo, sentava-se no chão do apartamento e posicionava os documentos ao seu redor, tentando encontrar padrões e traçar paralelos que o ajudassem a criar uma narrativa a partir daquele arquivo. Buscava a data de uma carta entre aquelas escritas no verso das fotografias para ter uma imagem sua que correspondesse àquela época. Selecionava um acontecimento descrito no diário e tentava casá-lo com algum documento guardado, como as receitas do pediatra para as crises de otite do menino, ou as bulas dos remédios que ele tomou e que ela depositou em uma pequena pasta. Aos poucos, uma faixa de sol ia se alastrando pela sala, cobrindo o mosaico que ele criava no chão diariamente. Mais de uma vez, perdeu o horário e se atrasou para o trabalho, até que no terceiro ou quarto dia decidiu inventar uma virose e pedir alguns dias de licença.

A agência de marketing onde trabalhava como *junior copywriter* permitia que os funcionários executassem suas funções de casa e que folgassem quantas vezes fosse necessário, contanto que cumprissem as responsabilidades estipuladas e que isso não afetasse o *bottom line*. Consideravam-se uma empresa que preza o bem-estar dos colaboradores. Tinham uma sala imensa em um coworking no centro da cidade, com mesas de pingue-pongue e chope de graça, e encorajavam os funcionários a buscar nas áreas comuns um sofá de onde pudessem responder e-mails enquanto faziam networking com outros membros do espaço. Era o tipo de organização que adota a filosofia *work hard, play harder* e que tem valores como autenticidade, união e generosidade. Passou os primeiros meses ali fingindo fazer parte daquela "revolução do trabalho" e disfarçando para que não o vissem revirando os olhos a cada neologismo usado pelos colegas. Compensava a pouca paciência para aquele neoliberalismo mascarado focando no trabalho. Era bom no que fazia, tinha uma aptidão incomum no uso das palavras a serviço de uma ideia ou de um produto e com isso cultivava a estima dos supervisores. Quando um dos slogans que criou para uma marca de varejo viralizou na internet, montou uma pequena estação de trabalho em um dos cantos da sala do apartamento e, munido de uma recém-adquirida influência, passou a ir ao escritório apenas uma vez por semana ou quando tinha de participar de alguma reunião com um cliente. Nessas poucas ocasiões em que tinha de apresentar um projeto, sentia-se encenando um papel, tal qual um ator de teatro, entregando suas falas memorizadas à risca para espectadores atentos. Por vezes, tinha inclusive a sensação de poder observar a si mesmo de fora do próprio corpo, enquanto fazia seu *pitch* e discursava sobre questões como público--alvo e custo por clique.

A maneira automática com que tratava desses compromissos e do trabalho em geral não o surpreendia mais. Qualquer sentimento de hipocrisia que porventura sentiu no começo deu lugar a uma complacência cômoda que o desincentivava a questionar todas as contradições morais daquilo que fazia. Sabia que era um operário que contribuía para a manutenção de relações assimétricas do poder, fortalecendo grandes corporações através da manipulação fina e delicada da psicologia da grande massa. No entanto, convencia a si mesmo de que, senão ele, outro assumiria aquele cargo, e por isso pedir demissão não faria nenhuma diferença, a não ser em sua própria vida. Na prática, os favorecidos continuariam se beneficiando à custa dos explorados e o conflito de valores que isso lhe causava não era suficientemente penoso para resultar em qualquer ação de sua parte. Por isso, permanecia, entregando resultados excelentes, superando todas as expectativas sem demandar muito em troca. Não demorava a se sentir enfadado pela mesmice cotidiana, mas as sucessivas promoções e aumentos asseguravam a dose de reconhecimento necessária para que ele continuasse se esforçando. Seguia ali a mesma dinâmica replicada em outras áreas de sua vida: doava aos outros a melhor versão de si para alcançar sua admiração, para sentir que era indispensável, algo que assimilava como uma forma de afeição. Vivia feito um dependente químico, crente de que aquela garantia de admiração e afeto valia toda a aflição que aquele ciclo vicioso lhe causava.

A verdade era que essa inércia rotineira já começava a lhe pesar como centenas de cracas fixadas aos tornozelos. Nos quatro anos em que esteve na empresa, poucas vezes notou o tempo passar. Os meses iam aglutinando-se, a regularidade reconfortante do salário e do plano de saúde viviam o distraindo e, nos raros momentos em que tomava consciência do tempo acumulado, abrandava a própria ansiedade prometendo-se que aquele seria seu último ano no emprego. Ainda assim, vivia inquieto. Como outros jovens de sua geração, era apegado à ideia de que o trabalho deveria lhe conferir algum senso de propósito e servir ao mesmo tempo como fonte de renda e de realização pessoal. No entanto, tinha consciência de que essa expectativa era em alguma medida irreal e, por conta disso, vivia paralisado entre a sensação de que algo melhor lhe aguardava ao virar da esquina e a desconfiança de que só se contentaria abrindo mão de suas aspirações inalcançáveis. Quanto mais se enroscava naquele dilema que havia criado para si, mais afastado se sentia de sua agência sobre as próprias escolhas e mais traumática se tornava qualquer perspectiva de mudança.

Apesar disso, sentado ali em meio àqueles vestígios do passado, sentiu uma força inaugural. Até então, sua vida se resumira a uma sucessão de decisões cuidadosas que tomou evitando maiores riscos, uma série de acontecimentos involuntários e silenciosos. Todo o ressentimento que isso lhe causava estava agora estampado nas páginas e imagens dispostas ao seu redor no chão. Nas peças embaralhadas da história, ele podia vislumbrar os contornos da mãe. Através do armazenamento de suas experiências, ela deixou a ele a possibilidade de reconstrução de sua essência. Para ele, no entanto, era inevitável receber também aquele espólio como o prenúncio de seu próprio futuro desaparecimento. A herança da memória da mãe revelava a carência de compreensão que ele tinha de sua própria identidade. O que dele restaria para ser encontrado? Que indícios de sua breve existência haveriam de permanecer através dos anos? Como seria capaz de imaginar a própria reminiscência se mal conhecia suas impressões, sensações e pensamentos? Sentiu-se puxado para baixo pela repentina necessidade de perpetuar algo inescrutável, como se aquilo exercesse sobre ele um novo campo gravitacional. Deitou-se no chão e olhando através da janela por esse ângulo podia ver a palmeira que se erguia ao lado do prédio vizinho. Em meio às longas folhas pendentes, vários periquitos verdes de cabeça vermelha alimentavam-se das pequenas tâmaras que se acumulavam no centro da árvore. Ficou observando o banquete das aves por alguns minutos, a maneira meticulosa com que colhiam cada fruto com o bico, revezando-se entre si na travessia até os cachos abarrotados, como faziam sem falta todas as manhãs. Quando enfim se levantou, sentiu-se mais leve.

15.

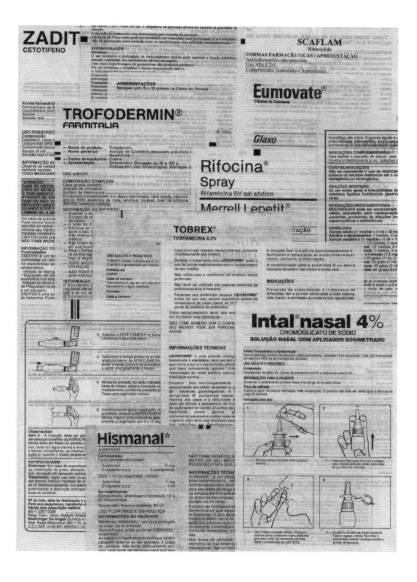

16.

M.,

Dentro da caixa, além do diário e de inúmeras fotografias, há dezenas de cartas que você recebeu entre 1968 e 1984. Correspondências de amigos, amantes e familiares, cartões de Natal e aniversário, além de cadernos, papéis soltos com anotações, guardanapos com recados ocultos, ingressos de teatro e documentos de identidade expirados. Fico perplexo com a materialidade da memória traduzida nessas palavras, guardada por todos esses anos enquanto sua consciência foi desaparecendo. Não consigo parar de pensar no que isso significa. Nesse receptáculo de uma memória perdida, de uma identidade reencontrada, contida toda ali dentro de uma caixa, descrita nas palavras dos outros, daqueles que te amavam. Fico me perguntando se você algum dia previu essa descoberta, antecipando a trajetória que esses registros fariam até mim. Se o que a incitou a guardar esses documentos foi apenas um impulso acumulativo ou algum pressentimento de como o tempo poderia transformá-los.

Por semanas, sou tomado por uma ânsia inquietante de fabricar também esses vestígios, de sair polinizando minha presença e deixando rastros. Passo a noite escrevendo cartas para amigos. Conto da descoberta do diário, das fotografias e das cartas. Digo que me sinto chamado por esse arquivo de si que você criou durante os anos, que resisto a acreditar que o encontrei por mero acaso. Confesso-lhes suspeitar que talvez haja um plano oculto por trás desse teu gesto, que em algum momento você possa ter intuído que isso serviria a outro propósito. Confiante nessa hipótese, tento voltar e repetir os teus passos como uma criança que se esforça a encaixar os próprios pés nas pegadas maternas que encontra impressas na areia.

Escrevo essas cartas lentamente e, se cometo um erro, começo de novo. Anoto a data de hoje, dobro a folha e escrevo o nome e o endereço dos destinatários nos envelopes selados. Na manhã seguinte, vou aos correios. A atendente chama minha senha. Ela pesa as cartas: *42,23, 35,12 e 18,57 gramas.* Aplica os selos e coloca as cartas num escaninho ao lado de sua mesa. Imagino-as passando de mãos em mãos, junto de várias outras, seguindo os mais diversos destinos, contendo uma infinidade de notícias, declarações e comunicados. Imagino os amigos a quem escrevo recebendo-as com surpresa, abrindo-as delicadamente, parando por um instante para ler. Talvez sorriam enquanto percorrem minhas palavras com os olhos. Talvez chorem. Talvez achem estranho e não saibam o que fazer com as cartas. Talvez decidam guardá-las em uma caixa de sapato que mantêm no armário, onde armazenam todas as coisas das quais não querem se esquecer. Onde talvez um dia alguma outra pessoa as encontre e descubra que uma vez me deparei com uma caixa onde você guardava um diário, centenas de fotografias e sessenta e oito cartas.

17.

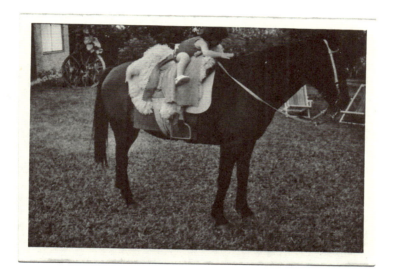

18.

17ª semana — domingo dia 09
Hoje é o dia das mães. Almoçamos na vovó Ondina. Todas
as mães ganharam presentes, a minha mãe ganhou uma bol-
sa linda que o meu papai escolheu.

Há algum tempo paramos de comprar presentes.
Os últimos de que me lembro:
um jogo resta um, com tabuleiro em pedra-sabão,
para exercitar o cérebro
uma manta, para cobrir-se enquanto assiste a filmes
uma Nhá Benta de morango, a que mais dava prazer

Com o tempo, assim como com todo o resto, cessa-
mos. Deixamos as datas passarem despercebidas, não sem

um beijo e um abraço, e acompanhamos, constrangidos, às comemorações alheias.

Há algum tempo não recebo mais presentes.
O último de que me lembro:

19.

No canto inferior direito da fotografia, encontro a inscrição *mar. 81*. Faço as contas. Você tem a minha idade, M. Veste um maiô sob uma saia jeans de cintura alta, um par de alpargatas amarradas no tornozelo, o pulso esquerdo cheio de braceletes enquanto carrega os óculos escuros na outra mão. Noto que você parece morder o lábio inferior. Talvez esteja posando para a foto, talvez seja o prazer do sol queimando a pele. Talvez seja da idade, dos seus vinte e oito anos, da vida inteira pela frente, da certeza de que será sempre assim como neste instante, nunca presa em uma fotografia, mas somente presente, na forma exuberante, caminhando entre as barracas de um mercado de rua enquanto os outros a seguem com o olhar.

20.

IV. ASSIM QUE AS TIVER, A MENOS RUIM, EU LHE MANDO

Abriu o portão com a cópia antiga da chave que fez quando ainda morava ali e começou a voltar da rua tarde demais para tocar a campainha. Bateu a grade atrás de si e seguiu para a porta da frente. Passou pelos pinheiros da entrada que já cresciam para além dos telhados, seus galhos secos retorcidos em espirais desordenadas num redemoinho vegetal. *Já estou perturbando o sono do papai.* Abriu a grossa porta de madeira e deparou-se com sua própria imagem no espelho ao fim do foyer. Surpreendia-se cada vez mais com o quanto parecia ter mudado. A barba que lhe cobria o rosto pesava seu semblante e nos cabelos desgrenhados agora despontavam incontáveis fios brancos. Nos anos em que morou naquela casa, sempre demorava-se mirando sua imagem refletida ali. Todos os dias defrontava-se com seu reflexo falsificando seus movimentos, trajando suas roupas, usando o mesmo corte de cabelo, uma cópia de si que andava lentamente em sua direção até ficarem frente a frente, observando-se. Por vezes, chegava a centímetros de distância da superfície bem polida e apagava os grandes feixes de luz que emolduravam o espelho, mantendo-se no escuro por alguns instantes para que suas pupilas dilatassem, reacendendo logo em seguida as lâmpadas, que lhe contraíam os dois centros negros dos olhos, trancando-lhe a alma. Agora sentia que de nada adiantaria repetir o ritual. Os olhos já eram duros demais, e as pupilas eternamente diminutas. Parecia mais fechado em si do que nunca.

Meu pai está viajando esta semana, está em Madri, espero que ele volte com muita saudade de mim, me ache bonito e gordinho. Todas as luzes estavam apagadas conforme eram mantidas na maior parte do tempo. O fim do entardecer ia pouco a pouco esmaecendo a vitalidade do dia e cobrindo o interior da casa com um véu melancólico. À distância, ele podia ouvir o som da televisão, o único ruído no enterro daquele crepúsculo. Percebeu que o som vinha da cozinha, cuja porta enfim abriu-se num murmúrio enferrujado para revelar a grande figura com a mão potente segurando a maçaneta. A mão que se mantinha firme apesar do tempo, ornada de dedos sólidos e grossos como os seus nunca foram nem seriam, a mão de punho inflexível, que só mudava de direção por vontade de todo o antebraço. Aquela mão que apesar de nunca lhe ter sido levantada, implicava toda autoridade e importância que cabiam a seu operador. A mão que só tocava a sua quando as duas se encontravam formalmente, lançadas em direção uma à outra para um cumprimento em colisão, choque, embate, nunca em uma confluência de afetos. Aquela mão densa que se tornava cômica assinando um cheque com uma caneta delicada ou escrevendo uma mensagem sobre as pequenas teclas de um celular, pois fora criada para espalmar o tampo de vidro de uma mesa em protesto, para engrenar violentamente a marcha de uma pesada caminhonete, para gesticular uma reprimenda raivosa. *No final da cerimônia papai ficou muito emocionado e chorou abraçado na mamãe.*

Bateu o portão?, perguntou o pai na voz que condizia com sua estatura exagerada, um sussurro gutural cujas sílabas mal se podiam discernir. Bati, respondeu num vacilo inibido, ao que a mão se desatou da maçaneta e oscilou na direção oposta, de volta à cozinha e ao ritual dos almoços tardios dos fins de semanas, quando ia à caça de qualquer enlatado não perecível ou pacote de alimento pelo ostracismo das prateleiras da despensa. *Quando chegamos papai estava nos esperando no aeroporto.* Encontrara um sachê de canja instantânea que agora preparava em uma antiga caneca larga e redonda, sem a paciência necessária para dissolver adequadamente o conteúdo na água fervida, deixando pequenos glóbulos de pó de galinha flutuando à superfície, logo sorvidos junto ao líquido em grandes colheradas e mascados pacientemente entre os dentes num atrito calcário. Parecia um urso-pardo preparando-se para hibernar.

O filho buscou um copo d'água, sentou-se à mesa e, enquanto observava o pai se encarregar da refeição, foi bebendo longos goles para distrair-se do constrangimento habitual que sentia nos momentos iniciais dessas interações. A mão indiferente ia colhendo a sopa em pequenas quantidades, içando o talher até a boca comprimida, que assoprava seu conteúdo minuciosamente, expelindo um sopro brando sobre o líquido quente em pequenos intervalos inócuos, até que julgava segura a ingestão e enfim apoiava a colher sobre o lábio inferior e a inclinava ligeiramente para sorver o caldo grosso repleto de pequenos pedaços de frango e cenoura. Parecia um doce senhorzinho ceando. *Bem cedinho alugo o papai p/ ficar comigo. Ele me embala e conversa muito comigo.* A mão cumpria seu dever de maneira metódica, ao mesmo tempo concentrada e absorta na banalidade do subir e descer pausadamente, tão diferente de quando dançava assertiva ao som dos discursos proferidos do passado, ou de quando cumprimentava seus convidados e propunha brindes, quando portava charutos e microfones, da maneira como cingia ombros importantes em negociações políticas e transações de influência. Ia agora exercendo toda a sua autoridade sobre aquela sopa já morna na caneca rachada.

"Pedi umas semanas de folga, vou passar uns dias no Sul."

"Fazer o quê?"

"Visitar, faz mais de cinco anos que não vou pra lá. Vou ficar na casa do vô, ainda não venderam."

"Aquela casa não tá vazia? Deve tá uma zona."

"Dou um jeito, arrumo um dos quartos e pronto."

"Não quer ficar num hotel? Eu pago."

Papai foi da vovó até nossa casa só comigo no carro. Sentei no banco do copiloto. Papai apertou o cinto e fomos embora. Eu sei que é perigoso, mas deu certo (foi uma emergência).

Pensou por um momento. A casa do avô já não devia mesmo ser tão acolhedora. Desde sua morte permaneceu fechada, e ele não sabia se alguém se ocupava de mantê-la minimamente arrumada. A família tentava vendê-la sem sucesso havia mais de um ano, entravando as negociações sempre que dois ou mais dos parentes não chegavam a um acordo acerca do valor do imóvel.

"Não precisa. Eu me viro."

"Você que sabe."

A única lâmpada fluorescente que ainda não estava queimada piscava esporadicamente, emitindo um leve ruído metálico e dando à cozinha um clima hospitalar. O filho não havia antecipado a oscilação que o equilíbrio de poder daquela relação sofreria conforme o pai envelhecesse. Continuava sentindo-se mínimo sentado ao lado daquele homem a quem se destinavam as cabeceiras, a quem era sempre dirigida a palavra e os mais importantes pronomes de tratamento, aquele homem que lhe revestia de uma autoridade por descendência ao mesmo tempo que lhe impunha um status diminuto. Por anos esperou um culminante acerto de contas, um ínfimo momento de sinceridade impossível que revelasse a verdade, algo que clareasse aquela sombra pairando entre eles, que retificasse aquele relacionamento negligenciado e distinguisse o amor recôndito do inexistente. Supunha que no esmorecimento do pai em direção à velhice e à solidão encontraria finalmente alguma forma de consolo. No entanto, a imagem do velho inofensivo à sua frente o impedia de sentir qualquer desejo de reparação. Na súbita vulnerabilidade do pai, o filho encontrou aquilo que sempre buscou: uma forma de humanizá-lo.

Podia entender agora que talvez, no passado, quaisquer demonstrações de afeto teriam sido intoleravelmente forçadas a ponto de se tornarem impraticáveis. Compreendia que, até o momento de seu nascimento, a vida do pai fora uma implacável batalha contra a mediocridade e que as responsabilidades e obrigações de um filho surgiram como uma renúncia honrada àquela vitória inatingível, uma oportunidade de se abster sem culpa daquela busca. A partir de então, teria um propósito bem definido e objetivos claros, que mesmo não sendo aqueles que havia imaginado para si, ocupariam sua mente. A única saída era buscar o trabalho, assumir o papel que lhe fora atribuído por aquelas circunstâncias e cumprir suas obrigações. Aceitar que aquela seria sua sina e acatar a ordem das coisas. Tornar-se um pai bom o suficiente, um marido atencioso o suficiente, um trabalhador esforçado o suficiente, um homem suficiente. À tardinha quase caí do berço, papai se debruçou sobre mim, se apoiou no estrado e veio tudo *abaixo. Papai me pegou no ar.* Podia imaginar o pai chegando à casa no fim de algumas tardes como milhares de outros homens, depois de um dia exaustivo de um trabalho desestimulante, beijando a mulher ao lado de quem nunca se imaginara dormindo todas as noites, abraçando a criança que nunca planejara ter, sentando no sofá que comprara em prestações cujas despesas mensais lhe eram cobradas em parcelas ásperas de puro arrependimento, e sentindo uma pontada agonizante bem no fundo da garganta, como um espinho da carcaça de um peixe lhe entravando o esôfago. Podia vê-lo então buscando uma cerveja gelada em seu refrigerador e ligando a televisão que ficava na sala, entorpecendo a própria consciência, perdido no meio daqueles eletrodomésticos, anestesiado de toda e qualquer angústia. Essa seria a sua vida, talvez para sempre, mas seguir em frente sem questionamentos era a única alternativa. Qualquer outra possibilidade, qualquer outra resolução para aquele impasse inesperado parecia não valer o esforço que seria travar ainda mais uma luta contra o destino. O pai teria aceitado que aquela era de fato a série natural de acontecimentos que preencheria toda a sua existência, teria consentido em receber da própria providência aquele vaticínio. Talvez se sentisse culpado e mal-agradecido por considerar uma fatalidade aquilo que muitos outros desejavam, o anseio de vida de muita gente. Mas mesmo que pudesse evitar esses pensamentos, continuava encontrando em seus sonhos, depois de colocar o próprio filho para dormir, as imagens de tudo aquilo que um dia quis para si, da pessoa que queria ser.

O velho pai encurvado tomando sua sopa era o epílogo de vida que o filho evitava. Suas visitas rotineiras eram mais motivadas por um sentimento de compadecimento e dever filial do que por qualquer outra coisa e ele sentia uma necessidade incontrolável de preencher os silêncios que se acumulavam, algo a que o pai já parecia ter se resignado. *Hoje de manhã papai me botou no "baby bag" e fomos dar um passeio na calçada da praia. Foi meu primeiro passeio sozinho com papai e na beira do mar. Gostei.* Decidiu informá-lo do verdadeiro intuito da viagem ao Sul. Contou o que encontrara na caixa, das cartas que vinha escrevendo para a mãe, de como a chegada de tudo aquilo em sua vida coincidia com o momento difícil que vivia, em que sentia ter extraviado a noção da própria identidade, ou pior, nunca a ter concebido. No embalo do que ia revelando, permitiu que a comoção do que dizia o guiasse e se abriu como poucas vezes havia feito com o pai. Disse que, conforme fizera até então com as cartas e as imagens da caixa, planejava a viagem à terra da mãe como uma expedição pelo passado, que iria em busca de algo que o ajudasse a entender quem ela fora na esperança de alcançar um pacto resoluto com aquilo que ela havia se tornado.

"Sua mãe ainda não morreu."

"Sei disso."

"Não sei se entendo o que você está procurando, mas sua mãe está no quarto dela. Se quiser, é só subir e ir lá vê-la."

Retornou a seus goles insípidos entre uma e outra lenta colherada. Inclinou o recipiente para encher uma última concha que enfiou na boca já incrustrada pelo amido e se levantou em direção à pia, passou uma água na louça e partiu, detendo-se por um instante à esquina da porta antes de virar em direção à sua poltrona letárgica:

"Não esqueça de bater o portão antes de sair."

21.

M.,

Mantenho nossas interações ao mínimo. Assisto ao teu cotidiano de relance. Ouço você subindo as escadas, uma conquista a cada degrau, e ao passar por mim chamam a tua atenção, olha ali, teu filho. Quase todos têm essa mania perversa de indicar o que você deve perceber, de te apontar e descrever as coisas como se você fosse uma criança. Não consigo sustentar mais o teu olhar por muito tempo, mas nessas ocasiões em que ele é convocado pelos outros sou incapaz de me esquivar e você me perfura. Tuas pupilas se dilatam e tuas pálpebras se inflam num espanto intraduzível, teus dentes se travam e teus lábios se enterram e toda a tua face se arma num clamor. Você enfim me enxerga e já não posso evitar a ideia de que dentro dos teus olhos ainda existe algum resíduo da tua consciência, de que teu corpo não é mais que uma prisão. Te seguro firme pelos braços, te abraço, te beijo, te lembro. Você balbucia qualquer coisa e finjo que compreendo. Já de volta na cama, pouso a minha mão na tua e você a acaricia incessantemente num cacoete afetuoso, uma forma de acalmar a mim e a si mesma. Esse trejeito perdura quando você já não consegue se movimentar ou se alimentar sozinha, quando todo teu corpo se abate e teus ossos despontam, quando por dias tua mente parece se apagar e você fica eternamente perdida em um ponto fixo do travesseiro, fazendo--nos duvidar de que esteja mesmo ali. Mesmo então, você continua ninando minha mão com a tua. Evito ao máximo a tua presença, pois por mais que te assistam, olha ali, teu filho, já é impossível para mim te enxergar além da doença. Sentado ao teu lado enquanto você observa a televisão, escuto o leve sibilo do colchão pneumático inflando e desinflando sob teu corpo para evitar lesões na tua pele, acompanho a enfermeira hidratando tuas pernas delgadas e umedecendo tua boca macilenta com uma pequena gaze molhada. Mantenho-me calado, assim como você, sustentando essa insuportável e longa despedida.

22.

PAPAI TEVE QUE IR TRABALHAR

SONHOU COMIGO

RICANDO MUITO SABIDO

LARANJA E MAMÃO

FIZ O MAIOR SUCESSO

UM BEDELÃO

P/ MATAR A SAUDADE DE MIM

ACABEI COM O ALMOÇO

CONTINUO BONITO E FORTE

DORMI SOZINHO

TOMEI BANHO DENTRO DA PIA

MAMÃE JÁ ESTÁ CRAQUE

PASSEI A MÃO NO FUCINHO DA VACA

MAMÃE PASSOU REBATIL

FORAM JANTAR FORA

O SONO DOS JUSTOS

AMEI A PRAIA E O MAR

ELA ACHA QUE SOU INTELLIGENTE

23.

M.,

Continuo lendo tuas cartas. Levanto-me, preparo um chá preto com um pouco de leite de aveia. Alongo a coluna, respiro fundo algumas vezes. O ar da manhã é um pouco mais frio, acorda os pulmões. No prédio da frente, uma moça está parada na janela, deixando o sol esquentar sua pele. Ela me vê, mas logo depois volta a fechar os olhos.

Continuo lendo tuas cartas. A maioria delas parece não dizer muita coisa. São triviais. Falam de amigos em comum, de viagens planejadas, da rotina. Suponho que era para isso mesmo que serviam as cartas no passado. Começo a organizá-las por ano, as maiores pilhas formam-se em 1974, 1977 e 1978. Você tem 19, 22 e 23 anos.

Abro o Google. Nesse período, além de outras coisas:

O General Ernesto Geisel se tornava presidente do Brasil.

O país enfrentava a pior epidemia contra a meningite de sua história.

Morria Clarice Lispector.

Um grande incêndio destruía todo o acervo do Museu de Arte Moderna do Rio de Janeiro.

O Congresso Nacional outorgava a Emenda Constitucional nº 11, que extinguia o AI-5.

Começo a catalogar as cartas pelos endereços para os quais eram enviadas e assim traço uma linha cronológica dos lugares onde você morou:

Em 1968, av. Amintas Maciel, 137 (Erechim).

Em 1970, av. Brasil, 530 (Cachoeira do Sul).

Em 1971, Colégio Concórdia (Porto Alegre).

Em 1971, rua Arabutã, 810, apto. 4 (Porto Alegre).

De 1974 a 1981, rua Cristóvão Colombo, 1283, apto. 601 (Porto Alegre).

Em 1982, rua Camilo Ribeiro, 190 (Passo Fundo).

Em 1985, rua Thomáz Gonzaga, 339 (Passo Fundo).

Em 1987, rua Fagundes dos Reis, 371 (Passo Fundo).

Essa linha se encaixa com o que lembro da tua história. A infância na cidade pequena, a mudança para a capital quando o pai é promovido no trabalho, a faculdade de arquitetura, seguida pela volta com os pais para o interior, onde já formada você projeta a casa onde eles vão morar o resto da vida e onde eu passarei todas as minhas férias quando criança.

Além da de teus pais, você também desenhou uma casa para cada uma de tuas três irmãs e para três sobrinhos. Sempre achei esse fato extraordinário. Toda vez que estava em uma dessas casas, não conseguia deixar de pensar que cada espaço havia sido concebido por você, que você havia planejado a maneira como a luz entraria pelas janelas, o caminho que as pessoas fariam para ir de uma sala à outra, que havia pensado na sensação do piso de madeira sobre os pés e da cor dos azulejos nos banheiros. Você uma vez me disse que a maior parte de teu trabalho consistia em ouvir os clientes, em entender o que esperavam de seu lar para que você pudesse criar a partir das expectativas. Cada uma dessas casas parecia seguir esse preceito, com uma identidade própria que refletia a de seus moradores. Algumas eram mais imponentes, outras mais singelas, umas mais quentes e aconchegantes, outras mais brandas e delicadas. Apesar das diferenças, eu conseguia identificar tua assinatura em quase todas. Você gostava de desenhar telhados em ângulos inusitados, formando triângulos que apontam para direções diferentes. Costumava projetar a escada como o elemento central da obra, no meio da casa, ao redor da qual todos os outros cômodos orbitavam. Em uma dessas residências, você fez a sala de estar em um nível rebaixado, de maneira que era preciso descer um lance curto de degraus para chegar ali quando se vinha da cozinha ou da sala de jantar. O pé direito daquela dependência também parecia ser mais baixo, e por isso sempre tive a sensação de ali estarmos em outra dimensão. Por muitos anos, era naquela sala que acontecia a ceia de Natal. Tenho a lembrança vívida dos tons de vermelho, do ambiente abarrotado de gente, do peru lustroso, do champanhe e das vozes altas. Aguardávamos ansiosamente a meia-noite, quando o tio chegava vestido de Papai Noel e distribuía as dezenas de presentes que rodeavam a árvore, ordenando que todos se ajoelhassem e beijassem sua mão enluvada, primeiro as crianças, amedrontadas, depois os adultos, a quem perguntava, fazendo troça, se tinham sido bons ou maus aquele ano. O jantar era servido de madrugada e não era incomum já ter amanhecido quando íamos embora. Quando criança, aquelas me pareciam as festas mais extravagantes do mundo. Afinal devia ser esse o principal objetivo de sua profissão: confeccionar espaços para a criação de memórias. Ver um lar nas linhas traçadas no papel.

Sempre admirei o fato de que teu ofício era desenhar. Sempre acreditei que um dia você desenharia minha casa, da mesma forma que desenhou aquela em que cresci. Diferente das outras que você projetou, no entanto, nossa casa parecia ter algo de impenetrável. Aquela casa imensa e silenciosa, com seu jardim opulento, a piscina e a churrasqueira que mal eram usadas no fundo do quintal. Uma casa museu, uma casa monumento. Não guardo dali metade das lembranças que trago da casa dos avós. Todos os anos vividos dentro das paredes sólidas daquele edifício parecem ter se dissipado, cobertos sob a última mão de tinta na renovação mais recente. Foi ali mesmo que cresci? Corri de fato por aqueles longos corredores quando era criança, pulei os degraus daquela escada, escalei aquelas árvores? As recordações que às vezes me chegam à memória logo arrefecem no chão de mármore gelado da sala de estar. Hoje em dia, mal reconheço seus ambientes. Nem mesmo a cozinha toda branca, onde passávamos a maior parte do tempo juntos, ou a copa onde fazíamos as refeições em silêncio. Aquele silêncio, sim, é familiar. Aquele silêncio que perdurava em todos os cômodos. Sentados de frente para a imensa televisão alienante, sozinhos no quarto de porta fechada, na desconfortável presença uns dos outros. Nunca escutamos nada além dos bem-te-vis, que passavam as manhãs preenchendo pelas frestas das persianas os espaços desocupados daquela casa com o enervante canto afetado do próprio nome, ou o ruído do vento acariciando as folhas num rebuliço agitado no fim das tardes, ou o rumor das moscas-varejeiras pairando sob as sombras nas manhãs petrificadas de sábado, zunindo através do gramado em metálicos riscos verde-azulados. Naqueles dias de calor, a casa ficava ainda mais silenciosa. Aquela estrutura inabalável, uma rocha indiferente à tormenta, uma espada lendária fincada na pedra, naquele terreno escondido do movimento das ruas, onde não se escutam o motor dos carros e a pressa dos passantes, protegida de toda violência e cercada de grades azuis e vizinhos honestos, aquele pedaço de terra que foi um achado. Você havia procurado por anos a casa perfeita, a casa que seria um lar, para crescermos com espaço abundante, para vivermos em contato com a natureza, para ser o cenário de nossa bela história. Aquela casa encontrada, tomada por heras em ruínas, com o telhado curtido de sol e de vento, antiga e grandiosa, com colunas maciças que sustentavam toda a estrutura e abriam varandas em largos arcos ibéricos, o jardim coberto pela mata, que seria uma visão depois de limpo e posto em ordem. Seria a casa dos sonhos depois de uma boa reforma. Você mandou quebrar as paredes e ceifar a grama e trocar as telhas e esculpir sancas e cavar a alvenaria e permutar os canos, a fiação e todo o exoesqueleto. Determinou ainda que plantassem seis pinheiros em frente a cada uma das colunas, trazidos pequenos para crescerem com o tempo, com a família, verdes e fortes, pinheiros para dar um tom temperado àquele terreno tropical, mudas ciprestes que não poderiam ficar mais altas que os limites superiores da casa ou fariam desmoronar seus habitantes, advertira o paisagista num tom bem-humorado. Pois não haveriam de ficar, seriam podadas com o teu carinho e apreço, a futura matriarca que tratava dos assuntos da obra com um zelo excessivo, amofinando os arquitetos com demandas implausíveis e atormentando os empreiteiros nos mínimos detalhes. Você estava determinada a erguer a casa dos teus sonhos, o epítome da tua visão de vida,

tua maior realização. Para isso havia se casado, tido o filho, feito todas as compras de supermercado até aquele
momento. Formara a família e a casa era o que faltava.

24.

[...]

O primeiro apartamento dará para um pedaço da monta-
nha e para um caminho de mar. Haverá um prédio na frente,
um prédio redondo abandonado que no passado terá sido um
grande hotel. Haverá uma varanda espaçosa com algumas pol-
tronas e plantas, uma grande sala com dois ou três sofás e uma
televisão. Do outro lado desse mesmo ambiente comum, estará
a mesa de jantar e o hall de entrada, onde uma pequena oto-
mana de veludo preto será disposta contra a parede. A mesa de
centro será composta de um tampão de vidro apoiado sobre
quatro pilares de mármore branco. Cada um desses sólidos
blocos de pedra terá sua quina interna talhada no formato de
uma escada, onde será repousada a superfície de vidro. Brin-
carei de entrar debaixo da mesa e imaginar que os pequenos
degraus de mármore são a entrada de um panteão. Nas foto-
grafias dessa época, os móveis parecerão antiquados, mas terão

sido modernos em outro tempo, quando adquiridos originalmente pelo recém-formado casal. Muitas dessas peças perdurarão através dos anos, indo parar em minha própria casa quando já morar sozinho e, em alguma medida, sentirei dificuldade de conciliar essas dimensões temporais: com os pés plantados no felpo do mesmo tapete retratado na imagem em minhas mãos, falharei em compreender como esses artigos terão permanecido ilesos enquanto nós envelhecemos.

[...]

A grande TV de tubo ficará apoiada sobre uma plataforma de metal que a suspenderá na altura da cintura de meu pai. Toda as noites quando chegar em casa depois do trabalho, ele ligará o ar-condicionado da sala e assistirá ao Jornal Nacional, quase sempre de pé, às vezes depois de preparar um drinque no pequeno bar no canto da estante, com o colarinho aberto, descalço (porém ainda de meias). A combinação da sala escura e gelada, a vinheta do noticiário, o cheiro de seu perfume gasto depois do longo dia de trabalho — essa será talvez a memória mais preciosa que guardarei daquele tempo. Não me lembrarei exatamente do que virá em seguida, se jantaremos todos juntos ou em que momento minha mãe me levará para a cama para dormir. Porém ficarei marcado por aquela figura protetora, monumental. Pelo seu silêncio taciturno, pela transformação do apartamento no momento de sua chegada, como se fosse necessário condicionar o ambiente para que ele estivesse ali.

[...]

Meu quarto para mim será um vasto Império. A pequena cama ficará contra uma das paredes, e uma cobra de pelúcia descansará por toda a extensão da beirada do colchão. Minha mãe me contará que quando pequeno eu não dormia caso ela não estivesse ali comigo, mas que eu demandava que ficasse ao pé da cama, em silêncio, esperando até eu adormecer. Haverá uma pequena varanda onde eu guardarei alguns brinquedos, e em quase todos os fins de semana montaremos cabanas com lençóis e travesseiros.

[...]

A entrada para a cozinha será por um batente de pedra que juntava aquele ambiente à sala. Ignorando as advertências de minha mãe, passarei a infância escalando aquele vão, fixando um pé em cada coluna e apoiando-me com uma mão de cada lado para subir até o teto. Apesar de repreendido todas as vezes que serei flagrado, continuarei fazendo esse exercício por muitos anos, até me tornar grande demais para conseguir me sustentar.

25.

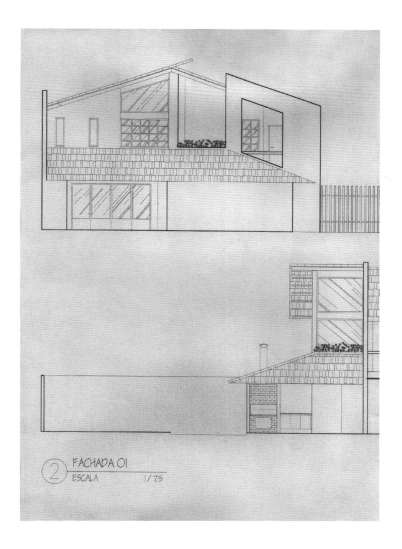

26.

M.,

Li hoje algo acerca da tradição da *ekphrasis*, uma forma narrativa criada na Grécia antiga na qual autores faziam uma descrição minuciosa de uma pintura, escultura ou qualquer outra representação gráfica. Mais do que uma simples descrição detalhada, o texto ecfrástico parece querer reinserir o *medium* imagético na escrita e, dessa forma, aproximar o leitor daquilo que não está na sua frente, ou seja, que lhe é inacessível. O objetivo da *ekphrasis* não é, portanto, a mera enumeração dos elementos presentes na representação plástica, mas sim sua tradução para a representação verbal e a atualização de seus significantes. O poema ecfrástico parte do impulso narrativo da imagem para contar, através da reprodução dos afetos causados por ela no observador, a história ali indicada, porém ainda desconhecida. Há relatos, inclusive, de casos em que a obra nunca existiu, nos quais a descrição do autor é puro fruto da imaginação.

Na pilha das tuas fotografias, seleciono uma por acaso. Você está sentada em um sofá na antiga sala de estar. A luz abundante da manhã entra pela janela ao teu lado, uma luz branca e intensa que dissolve o contorno dos móveis mais próximos à varanda. Na parede interna há um quadro do qual me lembro, que ainda deve estar guardado em algum lugar da casa. Entre a moldura dourada, diversas cores se misturam, tingindo umas às outras em seus pontos de contato, deixando longos rastros num desenho abstrato, como um encontro de dois rios. No centro da fotografia, você está sentada sobre uma das pernas, a outra ainda em movimento enquanto se acomoda. Você acabou de acordar, teus longos cabelos escuros estão soltos e você veste apenas uma grande camisa social meio desabotoada que deixa à mostra a protuberância da barriga. As mãos apoiam suavemente o ventre num gesto de proteção e afeto ao qual você já se habituou. Você olha para a câmera e no teu rosto há uma expressão ambígua, uma mistura de apreensão velada sob uma firmeza crescente. Seu corpo se transforma, você já não é mais a mesma.

Fico preso nessa captura de um momento transitório do passado, no registro de uma expectativa, de uma possibilidade futura. Contemplo essa imagem desnorteado entre presença e ausência, entre o porvir da minha existência e o indício passado da tua. Sinto o teu olhar através da câmera, imaginando talvez que um dia eu encontraria a fotografia, que um dia eu tentaria decifrar o que você pensava enquanto me carregava dentro de si, enquanto concebia a ideia de teu primeiro filho.

27.

Nome: M.
Clínica: Dra. M. H.
Rio, 24 de agosto de 1992

Ecograma abdominal revelou utero gravido contendo feto unico em situacao longitudinal, apresentacao cefalica, dorso a esquerda. Diametro biparietal medindo 52mm e comprimento femoral de 35mm, compativeis com gestacao de 21 semanas. M-mode revelou batimentos cardiofetais de 145bpm. Normodramnia. Placenta corporal posterior.

Dr. S. L.
MÉDICO
CRM 52.20***

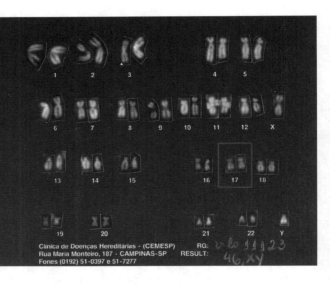

28.

PROJETO PARA LIVRO

Sugestão de organização:
1. Descoberta do diário (fato)
2. Criação de um diálogo (ficção)
3. Descoberta das cartas (fato)
4. Procura da voz (ficção/luto)
5. Síncope da linguagem (ficção/cura)
6. Reencontro (desejo/catarse)
7. Despedida (o fim)

Material inicial:
Uma caixa contendo:
1. Diário escrito pela mãe em primeira pessoa na voz do filho durante seu primeiro ano de vida: Dar a voz antes do aparecimento da linguagem.

2.   Cartas recebidas pela mãe entre os anos 1970 e 1980: Pesquisar a identidade a partir dos interlocutores.

3.   Laudos e exames médicos: Prescrever o desaparecimento da memória.

4.   Fotografias e outros registros: Investigar vestígios.

Objetivos do filho:

1.   Traçar paralelo entre as reminiscências reais do passado e a narrativa do presente para alcançar a *presentificação* sensorial da memória.

2.   Recriar a voz da mãe que aos poucos desaparece, num exercício similar àquele feito por ela anos atrás.

3.   Criar uma ponte com o passado pela qual possa se comunicar e ter um diálogo hoje já impossível.

4.   Ir em busca desse passado viajando de volta ao local da infância (mesmo lugar onde sua mãe cresceu): Ponto de interseção entre as duas memórias.

5.   Encontrar personagens do passado da mãe e construir uma imagem sua a partir desse encontro.

6.   Através dessa busca, encontrar a si mesmo (objetivo oculto).

29.

São Paulo, 4/5/74

Bah!

Você nem pode imaginar a alegria em que fiquei ao receber hoje a sua carta, apesar de gastar aproximadamente 1 hora para lê-la, pois eu acho que, se você não está estudando para médica, deve fazê-lo, já que a letra você já a tem, com isto não estou insinuando que sua letra é ruim, mas sim de uma caligrafia diferente.

Com relação à faculdade nada para se ressaltar, a não ser a minha vontade de formar logo e me mandar desta porcaria de cidade, de ir para algum lugar onde se possa "viver", pois aqui vegeta-se. Sabe M., triste não é ao certo a palavra, mas já saturado de tudo isto aqui, já não encontro disposição para tudo que me rodeia e acho que já está chegando a hora de me mandar, pois São Paulo me transformou de um simples humano em uma máquina.

M., você sabia que o Rogério (Gaúcho) vai se casar dia 24 de maio com aquela menina loira de Goiânia que estava hospedada com nós no Marambaia? Lembra-se dela (Lorena)? Acho que foi amor à primeira vista, pois eles se conheceram em Camboriú, depois ele foi passar o carnaval em Goiânia, onde ficou noivo e finalmente marcaram o casamento para maio. Esse pessoal andam meios loucos, você não acha?

Já o Konde está numa que ninguém da turma entendeu até agora. Imagina você que, depois da corrida de Brasília, ele resolveu abandonar tudo, inclusive não indo com os meninos para a Europa, pois parece que quer acompanhar o Gaúcho. Ele fica noivo em maio (dia 8), e vai se casar dia 24 de agosto, dia do aniversário dele. Depois ele irá morar em Paris 6 meses, voltando depois para Goiânia.

Sabe M., acho que foi o peso da idade que influiu bastante nesta decisão dele em se casar. Todos nós reprovamos a ideia dele, não pela moça, porque ela é espetacular e sim por acharmos que o homem deve primeiro viver a vida e depois pensar em casamento, você não acha? Vamos esperar para ver o que acontece.

Espero que possamos ser amigos de fato, apesar desta longa distância que nos separa.

Um beijo,
Bode

P.S. — Escreva-me, OK!

30.

Podemos deduzir daí algo que é, sem dúvida, a verdade última do puzzle: apesar das aparências, não se trata de um jogo solitário — todo gesto que faz o armador de puzzles, o construtor já o fez antes dele; toda peça que toma e retoma, examina, acaricia, toda combinação que tenta e volta a tentar, toda hesitação, toda intuição, toda esperança, todo esmorecimento foram decididos, calculados, estudados pelo outro.

[...]

Essa semana foi meu aniversário. Como sempre faço, revisitei meus diários de anos passados e em um deles encontrei este trecho do preâmbulo de A vida modo de usar, *de Georges Perec. Nunca fui fã de quebra-cabeça, sempre achei entediante. Tive uma namorada que, quando viajávamos, gostava de passar todas as tardes montando um enquanto eu lia. En-*

tre um capítulo e outro, parava para observá-la, sentada no chão com as pernas cruzadas com um copo de vinho branco ao seu lado, analisando as centenas de peças espalhadas pelos cantos, cantarolando alguma melodia obscura. Era uma mulher falante que requisitava muito minha atenção, mas ficava inteiramente absorta naquela atividade solitária, às vezes por dias a fio. Parecia presa num transe. Celebrava quando conseguia fazer seções diferentes se encontrarem e se irritava quando percebia que alguma estratégia que escolhera parecia não ter funcionado. Aos poucos, a imagem estampada na caixa do jogo ia formando-se no chão e, ao invés de se entusiasmar com a perspectiva do fim, minha parceira parecia tornar-se cada vez mais enfadada. Era como se encontrasse maior prazer nas infinitas possibilidades iniciais de junção daquelas partes. Como se, na imagem quase completa, onde faltavam apenas alguns poucos pedaços, ela passasse a enxergar a inevitabilidade de seu desapontamento. O resultado final nunca seria mais do que o ponto de partida. Quando finalmente encaixava a última peça, comemorava de forma discreta com algumas palminhas e vinha sentar-se ao meu lado, suspirando aliviada.

[...]
Penso no que escrever.
O cachorro se deita para pegar sol. Pelo quente, língua rosada para fora, respiração ofegante, olhos cerrados. Escuta um barulho e contrai os músculos, relaxa. As orelhas caem para os lados. O focinho pinga. Sente calor, vai até o chão frio da sala e despenca de lado sob a sombra para refrescar-se. Faz o mesmo movimento todas as manhãs.

Penso em como escrever.

Um filho encontra um diário que a mãe manteve durante o seu primeiro ano de vida, um diário no qual escreve na voz do filho recém-nascido. Um filho encontra uma caixa repleta de cartas enviadas à sua mãe, toda uma correspondência no passado. Uma mãe adoece, perde a memória. Uma mãe desaparece. Um filho retorna à casa da infância. Uma família, o presente. Um filho tenta reconstruir a memória. Um filho procura. Um filho precisa escrever sobre a mãe. Um filho não pode deixá-la sumir. A vontade de eternizá-la.

[...]

Instruções para montar quebra-cabeça:

1. *Vire todas as peças de cabeça para cima*
2. *Separe as peças em grupos*
3. *Monte as bordas*
4. *Junte as peças por grupos, cores e padrões*
5. *Preste atenção nas formas das peças*
6. *Espalhe as peças*

31.

Sabe M., triste não é ao certo a palavra. A sensação na verdade me foge ao vocabulário. Ela é um conjunto de coisas, indecifrável. É tristeza, sim, porém uma tristeza suportável e perene, um suave nó na garganta que se desmancha toda vez que engulo seco e que logo se reata. É uma melancolia calma, uma doce lamentação comprazida que sempre retorna. É um sentimento translúcido que atravessa o cotidiano, que permanece, por vezes imperceptível, mas ainda sim presente. Ela paira a todo instante e com ela se aprende a viver. Tornou-se tão familiar que chega a me deixar agradecido, aliviado em saber o que esperar. É uma alternativa possível, uma forma de sustentar a realidade sem desmoronar. É uma estratégia eficaz, porém de efeitos cruéis. Para alcançar esse leve torpor, é necessário blindar-se, trabalhar aos poucos na dessensibilização a alguns estímulos que normalmente causam reação intensa. É um processo inconsciente, cujos resultados noto com surpresa quando já não parece haver mais volta. Olhando tuas fotografias, por exemplo, custo a acessar lembranças que tenho de você. Analiso aquelas imagens em busca de qualquer elemento que me remeta a alguma. Observo a maneira como você repousa os dedos sobre o rosto ou disfarça um sorriso entre os lábios enquanto engata um olhar no canto dos olhos e gasto uma tarde inteira à procura desses mesmos vestígios no palheiro da minha memória. Já não consigo encontrar uma linha clara de recordação a partir dessas faíscas do tempo. Para mim, não parecem ser nada além de ficção. Nesses momentos, sou tomado por essa sensação que descrevo, uma impotência intransponível diante da passagem do tempo e dos rastros que ela deixa.

32.

33.

V. MAIS VELHOS, A CADA VEZ QUE ALGUÉM LEMBRA

O inverno do esquecimento pouco pode contra a hipérbole do verão algarvio. Recorda-se dessa passagem de um livro que leu há alguns meses em que um filho volta à cidade natal da mãe em Portugal depois de sua morte. Enquanto fuma um cigarro do lado de fora do terminal do minúsculo aeroporto da cidade, o vento quente entra pelas narinas toda vez que puxa o ar a cada tragada. A combinação de calor e tempo seco revive em sua pele a sensação da infância: a antecipação pelos meses de férias, o voo no pequeno avião bimotor (o único a fazer aquele trajeto naquela época), o avô os aguardando no saguão, sua felicidade em rever os netos e a filha favorita. Avista a moça que sentou à sua frente na aeronave tomando um táxi. Notou-a embarcando no Rio e percebeu que ela ocupava o assento na fileira anterior à sua. Ela vestia um macacão mostarda com uma camiseta branca por baixo e um par de Stan Smith original, daquele com os detalhes em verde. Passou a viagem inteira lendo um livro no Kindle e quando se virou para pedir licença antes de reclinar o encosto da poltrona, trocou com ele um olhar em que ambos podiam perceber uma curiosa tensão e a plausibilidade do encontro de suas histórias. Ao entrar no táxi, ela busca mais uma vez os olhos dele, e ele se pergunta o que uma pessoa como ela faz naquele lugar.

A tia chega em seguida com o marido em uma caminhonete. Apesar do tempo sem se falarem, ela faz questão de ir buscá-lo no aeroporto e logo o aperta com um abraço no qual ele reconhece o afeto resistente à passagem do tempo. Ouvindo a tia falar sem parar no banco da frente do carro enquanto o marido dirige, sente-se novamente um guri sujeito à vontade dos adultos e de sua interpretação do mundo. É atualizado das novidades na vida dos familiares, dos últimos casórios às mais recentes vigarices. O restaurante da tia vai bem, os filhos todos já saíram de casa e agora ela trabalha algumas horinhas por dia como voluntária de um canil público no centro da cidade, de onde adotou três cães mais velhos que moram com ela e o marido. Descobre que o primo se tornou instrutor de tiro e se surpreende com o rompante da atualidade naquele trajeto nostálgico. Quase toda a família revelou-se favorável aos projetos políticos de extrema direita que ascenderam no país nos últimos anos, o que também contribuiu para o afastamento entre eles. No entanto, sentado no banco de trás da caminhonete, ouvindo o sotaque familiar na voz da tia que o viu crescer, é incapaz de sustentar qualquer distância. Apesar de tudo, sabe que os laços inseparáveis de suas memórias os manterão unidos para sempre.

Ela enfim chega no assunto da mãe, querendo saber da saúde da irmã. Ele a atualiza a respeito do estado atual e observa a mulher se emocionar discretamente enquanto mira o ponto mais distante na rua à frente. Ela conta que sonhou com uma viagem que as duas tinham feito a Camboriú para acampar anos atrás e que as imagens das barracas de lona amarela e das cadeiras de praia dispostas num círculo em volta da fogueira perduraram por alguns dias. As duas eram as mais novas das irmãs e tinham adentrado a juventude em meio aos movimentos de contracultura da década de 1970. Ele sempre a viu como a mais despudorada das tias. Lembrava-se dela bebendo cerveja e tirando sarro dos homens nos almoços que o avô fazia quase todo fim de semana para reunir a família. Nas fotografias, as duas frequentemente apareciam penduradas no pescoço de garotos jovens e bronzeados, quase sempre com um drinque ou um cigarro aceso na mão. A maioria das histórias que ouviu daquela época tratavam de romances furtivos e flertes inconsequentes. Em sua imaginação infantil, isso fazia delas verdadeiras transgressoras, mas, à luz do presente, percebia que eram apenas duas jovens permitindo-se experimentar o que a vida lhes oferecia. Ambas permaneceram solteiras por mais tempo do que ditava a norma, mas em algum momento cederam à pressão das expectativas e acabaram casando-se com a melhor opção de parceiro que puderam encontrar. Tinha a vaga lembrança da tia confessando acreditar não ter terminado com o amor de sua vida como sempre havia esperado, e suspeitava que a mãe se sentia da mesma forma, a fantasia da época dos amores jovens perdurando no coração das duas. Tiveram filhos e ficaram a vida inteira com os maridos, persistindo no trabalho e no lar enquanto lidavam com os imprevistos da vida. Ao longo de adversidades financeiras, problemas de saúde e crises no casamento, sustentaram firmemente o núcleo familiar, ou pelo menos essa era a imagem que projetavam. Às crianças, restava imaginar o que se passava por trás do exterior estável da vida adulta. Em alguns momentos, quando vozes eram elevadas de súbito ou quando ouviam o murmúrio do choro discreto entre as mulheres da casa, podiam vislumbrar o que lhes era escondido. As discussões e os conflitos entre os membros da família não eram raros, e nessas ocasiões os meninos presenciavam as brigas em silêncio, paralisados entre o fascínio pelo acontecimento extraordinário e uma pulsão de destruição, excitados com a possibilidade de ruína do mundo que conheciam. Nunca esqueceu um desses casos quando, depois da escalada rápida de um desentendimento, duas de suas primas partiram para tapas e puxões de cabelo, lançando mão, em seguida, das almofadas do sofá da sala. Arremessavam os sacos acolchoados num combate quase risível, não fosse o arroubo da violência que as motivava. Enfim foram separadas e terminaram no chão, ofegantes e às lágrimas.

Se não se engana, quem apartou a briga foi essa mesma tia que agora o leva do aeroporto à casa do avô. Apesar de ser a caçula das irmãs, sempre teve um discernimento claro das situações e conduzia suas ações com uma perspicácia que os sobrinhos respeitavam como sinal de inquestionável autoridade. Foi ela quem acabou cuidando mais do pai no fim e se encarregando dos trâmites da casa após sua morte. Ia até lá duas vezes por mês para arejar os quartos, passar um pano nos móveis e varrer o chão. Ocupava-se dessa manutenção sem relutância e tampouco era de se martirizar publicamente, mas não se privava do sentimento de superioridade moral em relação aos familiares. Quando o sobrinho pediu para ficar na casa, a tia resistiu. Insistiu que ficasse hospedado com ela, talvez em parte para assegurá-lo de que, apesar da distância, ele podia sempre contar com a família. Ele, no entanto, estava obstinado e a convenceu com a promessa de que se ocuparia das tarefas da casa: abriria as janelas para arejar os quartos, sacudiria os lençóis que ficavam sobre a mobília e varreria o chão, de forma que ela pudesse descansar daquelas obrigações por pelo menos alguns dias. Entretanto, intuía que era no acúmulo da poeira do tempo que encontraria o que procurava.

34.

[...]

Abro o papel dobrado que ele trouxe dentro do bolso interno do paletó. O nome dela vem impresso no cabeçalho, nome e sobrenome, sua idade. Logo abaixo, mais ao centro da página, "laudo médico". Estico o papel amassado contra minha coxa com as mãos suadas. Declaro, para os devidos fins, que a paciente acima apresenta quadro clínico e radiológico compatível com demência frontotemporal. A primeira sentença. Uma dor aguda preenche meu estômago e me toma a garganta. Tem déficit grave de linguagem, de memória, distúrbio de comportamento e de outras funções cognitivas. Meus dedos frágeis fazem o papel tremer e as palavras parecem saltar da folha. Déficit. Grave. Linguagem. Memória. Distúrbio. Comportamento. Cognitivas. A paciente encontra-se incapacitada para realizar, de maneira independente, suas atividades de vida diárias. Penso na minha rotina — levantar, escovar os dentes, tomar um banho, vestir minhas roupas, trancar a porta de casa, pegar o ônibus, e todas as outras coisas que estou apto a fazer. Não tem condições de lidar com dinheiro, de tomar decisões e de praticar seus atos de vida civil.

[...]

Ele olha em derrota para o chão sentado na quina da cama esperando que eu termine a leitura. Noto que o envelope contém um pequeno pedaço de durex selando sua dobra. Pergunto-me se foi ele mesmo quem buscou pelo rolo da fita adesiva, se cortou ele mesmo a curta tira com os dentes, se foi dele o cuidado de colar o adesivo em sentido horizontal, perpendicular à abertura do envelope para a maior segurança daquele documento que carrega pesado no bolso. Ele me diz alguma coisa sobre a hereditariedade da doença, sobre seu tratamento, sua incurabilidade. Fala em termos médicos que aprendeu nos consultórios, sobre os quais pesquisou a fundo, conhece todos os medicamentos sendo testados nos outros cantos do mundo, tem já um plano de ação traçado para dar à mulher a melhor qualidade de vida possível. Eu vejo o homem de terno e gravata, sentado sobre minha cama, de ombros caídos. Ele enfim solta um longo suspiro, um suspiro invencível pelo qual nunca esperava. Que merda, confessa, a voz rachada. Seus olhos lacrimejam, mas ele não verte sequer uma lágrima.

[...]

Ele me ligara, estou passando aí para conversar, sem me dar muita escolha, sem escapatória, estou passando aí agora. Eu sabia que uma hora ou outra, uma hora ou outra chegaria.

Depois de todas as horas que você passara deitada no sofá da sala, olhando para o teto, como se o tempo fosse todo remendado, como se a vida, como se nada. O que passa pela cabeça? O que passa pela cabeça? Já escureceu e as luzes ainda estão apagadas e você continua deitada no escuro. O que que se passa na tua cabeça? Fica alguma coisa? Não dura nada nem um segundo? São pensamentos únicos que te ancoram em mar aberto? É tudo ao mesmo tempo, um eletrochoque? Que ao menos você se convulsionasse, que se debatesse pelos cantos, quebrasse todos os copos do armário, rasgasse as cortinas, que rachasse os espelhos, pedisse o divórcio, fizesse as malas e nos abandonasse. Que enfim se redescobrisse e que encontrasse companhia e tivesse muitos amigos e uma vida plena, e que seguisse teu caminho, fosse ou não em direção oposta ao nosso, que fosse feliz. Mas decidiu se deitar no sofá da sala de estar, no meio da vida de todos, para que te vissem quando chegassem e saíssem, para que sofressem contigo. Sentou-se na sala de estar e trancou-se para sempre.

35.

36.

Segunda tentativa:

Sabe M., triste não é ao certo a palavra. Nunca foi. Minto. Talvez tenha sim sido, em algum momento distante, na ordem lógica dos sentimentos. O choque primeiro. O instante em que se percebe a violência, uma força súbita que nos extirpa a normalidade, a impossibilidade. Um acidente de carro, um assalto, a inesperada presença da morte. No choque não há espaço para nada, apenas um vazio branco. Congelo. A mente é um labirinto, incapaz de compreender a informação que recebo. Conseguiria, não fosse a verdade tão despida de sentido, tão imprevista e absurda. Fico em silêncio enquanto tento aceitar minha nova realidade. Sinto medo. A raiva depois. A dormência se transforma em calor que irradia pelo estômago, pela garganta e pela cabeça. A fúria que tenta compensar a impotência da falta de controle sobre a vida, o esforço inútil de conter o temor através da ira. Caminho rápido, me afasto, o ar gelado entrando nos pulmões, a falta de ar, o nó na garganta, o pranto. Arquejo, deixo escapar pequenos sopros sofridos de dentro do peito, grito de novo. Sozinho, golpeio uma árvore e o tronco áspero esfola minha mão. O sangue escorre das juntas, os ossos tremem, a dor ajuda. Aí sim, mais tarde talvez, a tristeza. Um frio que se instala e preenche o corpo, um zumbido no fundo que acompanha. A resignação aos poucos se assenta e o que fica é a falta. Mantenho-me calado na maior parte do tempo. Vivo através da lente da melancolia. Sorrio quando devo, respondo, sigo em frente como todos, retribuo afetos, mas dentro estou em ruínas. A partir daí, triste já não é bem a palavra. A tristeza continua, não mais como uma condição determinante, mas como companheira, como parte de mim mesmo. Triste não é mais um estado, é uma qualidade própria, uma forma de ver o mundo. Triste é o pano de fundo. Daqui para a frente, todas as experiências serão medidas contra esse marco, o evento raro em minha história, e passarei a imaginar minha vida caso nada disso tivesse acontecido.

37.

Nome: Demência Frontotemporal (DFT)

Áreas afetadas: Atrofia nos lóbulos frontais e laterais, geralmente associados à personalidade, comportamento e linguagem.

Causa: Acúmulo anormal de certas proteínas em células do cérebro. Em parte, causada por mutações genéticas, porém, na grande maioria, a causa é desconhecida. Cerca de metade de suas ocorrências é hereditária; a maioria das mutações genéticas envolve o gene tau no cromossomo 17q21-22 e resulta em anormalidades da proteína tau ligante de microtúbulo; portanto, as DFT são consideradas taupatias.

Diagnóstico: O diagnóstico clínico é realizado de acordo com os critérios de Lund e Manchester, estabelecidos em 1994, acrescidos dos exames de neuroimagem funcional. São demências que se apresentam através de declínio progressivo da atenção, afetando especialmente a tomada de decisões, com perda da independência, do ponto de vista cognitivo.

Incidência: Constitui cerca de 5% a 10% dos casos de doenças neurodegenerativas. Afeta mais mulheres do que homens e tende a aparecer entre 40 e 65 anos, ou seja, mais precocemente do que outras doenças do mesmo tipo.

Prognóstico: Progressão lenta, de dois a vinte anos (contados a partir da mudança de personalidade).

Tratamento: Medicamentos e terapias diversas para o alívio dos sintomas. Não há cura. A comunidade médica faz avanços promissores, mas não há perspectiva real de mudança desse quadro. Muitos dizem que, junto do câncer, é o mal do século.

Sintomas: Inicialmente, mudanças sutis na personalidade e na linguagem que são raramente reconhecidas pela família, o que garante à doença um início insidioso e cruel.

A paciente pode inicialmente desenvolver uma crise de depressão. Fica cada vez mais firme em suas atitudes e crenças, tornando-se progressivamente mais isolada, avessa ao diálogo e irritável. A apatia (falta de interesse generalizada) e a perda da atenção são comuns. Ela passa os dias em silêncio com o olhar perdido. A família desconfia que tenha desistido da vida.

Aos poucos, percebem-se alterações no comportamento, que podem ser facilmente confundidas com o prenúncio de uma precoce teimosia senil. A paciente se torna mais agressiva, com oscilações emocionais injustificadas. As reações de alegria ou tristeza tornam-se desproporcionais aos estímulos (labilidade emocional). A paciente chora ao lado do filho ao falar dos fracassos da vida.

Logo, a resolução de problemas comuns do dia a dia se torna mais difícil. A família estranha as soluções incoerentes que a paciente encontra, muitas vezes recorrendo ao uso da força. A paciente fica desatenta aos sinais de trânsito e se atrapalha para sair da garagem de casa, esquecendo de engatar a marcha. No trânsito, começa a parar perto demais do carro da frente. O filho se assusta.

Há alteração do comportamento social e da personalidade. A paciente torna-se impulsiva e perde suas inibições sociais. Surgem comportamentos como erotização e desinibição sexual, uso de palavras de baixo calão e perda do pudor. A paciente constrange os pais de um menino com deficiência intelectual ao olhar fixamente para ele em um restaurante. A família da paciente desiste de pedir que ela pare, e tem de trocar sua posição na mesa para tirar o menino de seu campo de visão.

Há negligência com os cuidados pessoais, como a falta de higiene, desleixo com a aparência e seu ambiente, e o descuido no trato com animais. O comportamento torna-se repetitivo e estereotipado. A paciente deixa de escovar os dentes e de tomar banho. Caminha diariamente pelos mesmos locais da sala e manipula objetos de maneira aleatória, sem nenhum propósito. Pode surgir incontinência urinária e fecal, e o uso de fraldas geriátricas se faz necessário.

Pode haver hiperoralidade (impulso de levar à boca tudo o que vê e de comer imensas quantidades de comida) e agnosias visuais (incapacidade de reconhecer os objetos ou os símbolos usuais). A paciente pode também deixar de se lembrar de relações topográficas, como a localização dos cômodos na casa, e acabar ficando parada na porta do quarto do filho olhando para dentro, esperando algo acontecer. Pode desenvolver rigidez mental e acabar, apesar de lúcida, não aceitando a realidade de sua doença.

A linguagem é progressivamente afetada em decorrência da atrofia assimétrica anterolateral do lobo temporal. Acontecem o enfraquecimento ou a perda progressiva do poder de captação, manipulação e expressão de palavras como símbolos de pensamentos (afasia) e a dificuldade na produção dos fonemas, principalmente na articulação das vogais (disartria). A paciente passa a ter dificuldade de nomear objetos e faz uso de termos mais genéricos para fazer referência a eles.

O hipocampo e a orientação da memória são geralmente preservados, mas o processo de resgate de informações é prejudicado. A expressão verbal é reduzida, ocorrendo ecolalia (repetição mecânica de palavras ou frases, ou ainda hábito de rimar) e a repetição excessiva e inconveniente de uma mesma resposta. Da redução da fluência à hesitação na produção da fala, a paciente vai aos poucos deixando de falar definitivamente (mutismo).

A paciente pode também desenvolver a doença do neurônio motor, que resulta em atrofia muscular generalizada e paralisia progressiva. O tecido muscular deteriora-se e os músculos enfraquecem. Ocorrem contrações e espasmos musculares involuntários (fasciculações) e os movimentos tornam-se rígidos, pesados e estranhos. A paciente deixa de controlar as expressões faciais e os familiares têm cada vez mais dificuldade de interpretar suas emoções.

Aparecem sintomas bulbares, originados pelo mau funcionamento da porção inferior do tronco encefálico, que controla funções importantes como a respiração, o ritmo dos batimentos cardíacos, a deglutição e o piscar de olhos. A paciente perde aos poucos a habilidade de engolir e mastigar (disfagia), o que apresenta maior risco de pneumonia por aspiração (entrada de matéria do estômago ou da boca nos pulmões), que pode causar a morte. Nesse momento, para garantir a boa nutrição da paciente, recomenda-se o procedimento da gastrostomia, que consiste em uma pequena abertura que une o interior do estômago e a parede do abdômen pela qual se injeta o alimento triturado através de uma sonda.

A paciente passa a depender de cuidados 24 horas por dia para sua higienização, alimentação e decúbito (mudança de posição em pacientes acamados, a cada duas horas).

38.

39.

27ª semana — 18/07/93 — domingo

Estou ficando muito "arteiro", tudo que faço ponho a linguinha p/ fora e fico com carinha de moleque. Quero pegar tudo e comer tudo (só p/ sentir o gostinho).

Gosto muito de ficar em pé e dar passinhos, acho q/ vou caminhar logo.

33ª semana — 29/08/93 — domingo

Só quero ficar em pé. Estou difícil de engatinhar, porque sou metido, já quero andar. Mamãe diz que é importante engatinhar.

Dia 26/01/94 — quarta-feira
Dia 19 andei pela 1ª vez.

acho que logo   não a deixem parar
      logo

      na ordem natural das coisas

não a deixem parar de caminhar

      logo, no sentido contrário   logo logo

              os passinhos

      na ordem inversa

não a deixem
      parar   deixem-na
          aos poucos
          caminhando

40.

Dezesseis de junho de mil novecentos e setenta e sete. No envelope, a imagem de um gaúcho dos pampas montado em um cavalo. O papel é frágil, antigo. As datas dos carimbos indicam que a carta foi postada um dia depois de escrita. Escrita na noite anterior, tarde, pensando em você, M., naquela noite, enquanto você dormia, alguém no mundo. O preço do selo é 1,10 cruzeiros. Nele a imagem de um trabalhador rural que colhe uvas. Dentro do envelope, uma carta escrita à mão quarenta anos atrás. As palavras são cuidadosamente distribuídas pela folha, a letra de forma uniforme, a pressão da tinta. Uma carta escrita com calma e carinho na noite anterior enquanto pensava em você. Querida Bah, ele começa, o apelido que te deu. *O motivo principal é que não poderei mais ir a Porto Alegre neste final de semana.* Surgiram outros compromissos, exames na faculdade, sente muito. Está infeliz, odeia a cidade onde mora, quer se mudar e sente saudade. Hão de se rever, nem que apenas mais uma vez, mais uma além da única, quando se conheceram por acaso, em 1974, no Hotel Cassino Marambaia em Balneário Camboriú. Desde aquele primeiro encontro, passaram anos trocando cartas. Das que você guardou, contei 32 do Bode, o nome com o qual ele assinava.

Bode é um estudante de engenharia mecânica em São Paulo, um aficionado por automobilismo que sonha em voltar para Goiânia, sua cidade natal. Em seu tempo livre, atua como cronometrista em corridas de Stock Car Brasil afora, esperando o dia em que o Campeonato Brasileiro da Divisão 1 o levará ao autódromo de Tarumã, em Viamão, na região metropolitana de Porto Alegre, onde você morava. Torce para o Flamengo, é canceriano, tem 1,82 metro, 65 quilos e olhos azuis. Está apaixonado por você. Ele pede resposta, se despede e dobra a folha assimetricamente para depositá-la no pequeno envelope.

Você o abre pela lateral, com um corte certeiro, feito em 1977, há quarenta anos. Você tem vinte e dois. Mora na capital desde que a família se mudou pelo trabalho do pai. Oportunidade melhor, uma promoção para um cargo de gerência da companhia de caminhões. Salário mais alto, apartamento mais espaçoso, carro da firma, o quarto agora só dividido com uma das irmãs, o banheiro ainda compartilhado, mas não tem problema. As duas mais velhas não vieram com a família, ficaram casadas. A mais nova ainda não sabe bem o que quer. Você, segunda mais nova, terceira mais velha, do meio para menos, tem vinte e dois anos e é estudante de arquitetura. Sente-se mais cosmopolita com a nova vida na cidade. Passou a beber gim e a fumar quando sai com as amigas e nos feriados vai com o carro do pai veranear nas praias de Florianópolis. Manda e recebe cartas frequentemente, todas elas escritas à mão e abertas com um corte certeiro na lateral direita do envelope. *Querida Bah. Você nem calcula como estou com raiva de não poder ir a Porto Alegre e + uma vez não a verei e toda hora que lembro disto tenho vontade de matar as provas e me mandar para os pampas.* Você mantém outros romances, mas guarda as confissões que recebe do jovem admirador como uma entrada para o resto do mundo. Ele conta da vida na maior metrópole do país, das festas que frequenta com os amigos e de um possível estágio na Ford em Detroit. Porém, mais do que tudo, ele te deseja. Pensa constantemente em você e sonha com um reencontro. Envia fotografias e pede imagens tuas em troca. Responde às tuas perguntas e comenta as histórias que você conta e assim aos poucos e pedaços fico eu também sabendo de ti: que em setembro de 74 foi a um baile de debutantes em Cachoeira do Sul, onde dançou tango; que, em outubro daquele mesmo ano, estava estudando derivadas na faculdade; que, em março de 75 tomou uma bronca da tua mãe (cuja razão não foi especificada); que, em setembro de 76 viajou ao Rio, em junho de 77 a Santa Maria, e em maio de 78 ao Paraguai; que costumava escrever cartas a lápis e colorir-lhes as bordas e incluir nelas desenhos em perspectiva da fachada do campus da universidade ou plantas-baixas do próprio quarto; que gostava de ficar assistindo a filmes e programas de música na tv até a madrugada; que era uma jovem cheia de inseguranças e planos e sem a mais vaga ideia do que o próprio futuro te reservava. Vou seguindo essas pistas como se fosse te encontrar em algum canto mais íntimo dessa correspondência. Passo horas lendo e fazendo anotações. Folheio as cartas e seguro-as em minhas mãos no intuito de incorporar os teus gestos passados, mas estes são extremamente elusivos. Em suas linhas, Bode parece também buscar formas de se conectar com você. Passa a escrever em letra de forma e a compor parágrafos inteiros em cores diferentes, assim como você fazia. Não deixa de lamentar, sequer uma vez, o infortúnio que é a distância física que os separa e espera, ansiosamente, a chance de revê-la.

Em outubro de 75, ele tem essa oportunidade. É convidado, de última hora, a cronometrar José Carlos Pace e Paulo Gomes nas "12 Horas de Tarumã". A dupla é a favorita para ganhar a prova, que naquela época começava às dez da noite de sábado e durava até as dez da manhã do dia seguinte. Ele vai correndo ao aeroporto e assim que chega é levado ao autódromo. Passa a noite inteira tomando os tempos das 477 voltas dadas pelos dois pilotos em um Ford Maverick a quase duzentos quilômetros por hora. Sua equipe vence a prova, e da cerimônia de premiação ele é levado direto ao hotel para buscar sua mala e dali, novamente, ao aeroporto. Antes de partir, ainda dá ao recepcionista o teu endereço, mas descobre que você mora do outro lado da cidade, e que se tentasse ir ao teu encontro perderia o voo. Se você tivesse um telefone em casa, ele ligaria e te diria que estava ali, que vocês se encontravam no mesmo local, exatamente ao mesmo tempo, nem que apenas para compartilhar contigo o conhecimento desse fato. Mais tarde, ele confessa nas páginas que te envia que ainda passou um bom tempo te procurando pelo autódromo, entretendo a esperança de um reencontro ao acaso, desses que só existem mesmo em filmes, livros e cartas passadas.

41.

NÃO GOSTO DE CHORAR

PREFIRO RIR.

42.

VI. FORCE UM POUCO A MEMÓRIA QUE VERÁ QUE
ESTOU CERTO

A parreira no fundo do quintal da casa, debaixo da
qual os carros amanheciam tingidos do roxo das uvas. A
avó arrancando os cachos da videira com uma tesoura e
comendo os frutos ali mesmo, em pé sob a sombra da
planta no calor seco do verão. A polpa viscosa que es-
premia para dentro da boca, a doçura ácida, o aroma, as
abelhas que zuniam, os frutos espalhados pelo chão. Agora, os caules secos formam uma tela inerte que amon-
toa folhas, galhos e todo tipo de dejeto que o vento traz
numa fúnebre cama suspensa. Das gavinhas — como a
avó chamava as pequenas espirais verdes que nasciam
dos cachos e sustentavam toda a trepadeira — só restam
pequenos gravetos quebradiços, e a grama ao redor su-

cumbiu à falta de sol causada por aquele forro orgânico. Tão distante é o presente da imagem que tem na memória que, por um instante, duvida da própria recordação, perguntando-se se ele não a imaginou. O retorno ao referente deixa tão evidente o desgaste do tempo que ele é tomado por um desgosto extremo. Agora todos os detalhes da casa não fazem jus às lembranças que tem daquele lugar, dos verões que passava ali com os primos, dos dias à toa, das crianças de calção de banho, descalças sobre o pátio de pedras molhado, tomando banho de chuva. A pequena piscina, que na imaginação oceânica dos meninos virava um mar, encontra-se vazia, repleta de marcas de um mofo verde escurecido nos azulejos. A grande laranjeira opulenta no centro do quintal, rodeada dos frutos que lhe caíam incessantemente e que apodreciam antes mesmo que tivessem tempo de catá-los, não passa agora de um toco. A antena monstruosa de televisão que ficava sobre o terraço erguido ao lado da pequena horta caiu e ficou quebrada ao meio, abandonada no chão da laje. As plantas em todo resto do terreno, o gramado e as árvores, crescem furiosas sem nenhum cuidado. É curioso ver a natureza aos poucos reclamando aquele local de volta para si, transformando-o no que era originalmente.

Ele abre as janelas e as portas e deixa que a brisa quente atravesse o interior da casa. Os móveis cobertos por lençóis brancos são fantasmas amorfos espalhados por todos os cômodos. Ele vai aos poucos despindo-os e devolvendo aos espaços sua disposição usual. As cadeiras com os encostos em treliça em volta da mesa de jantar, as cortinas de renda amarradas em um nó para não arrastarem no chão, os pratos de cerâmica pendurados na parede como se fossem quadros — permanecem. Os armários da cozinha estão vazios, mas o fogão a lenha sobre o qual a avó pendurava as roupas no inverno continua no mesmo lugar. Enquanto ela preparava a polenta em uma panela descomunal, as crianças molhavam as mãos na torneira da pia e deixavam pingar pequenas gotículas de água sobre a superfície escaldante de metal para observá-las correndo pela chapa de aço até evaporar por completo.

Na sala, mal se reconhece nas fotografias dos porta-retratos sobre a lareira. Sabe que é ele, com o cabelo liso cor de oliva caindo sobre a testa e as orelhas numa meia esfera perfeita que lhe cobre toda a cabeça. Mas não consegue identificar nenhum traço que remeta à sua fisionomia atual. Fica com vontade de ver o processo de seu próprio envelhecimento em câmera rápida, como nos vídeos de *time-lapse* no YouTube que acompanham o apodrecimento acelerado de um cheeseburger. Quer assistir ao próprio rosto se transmutando, o tamanho, o formato e a posição de cada elemento facial transformando-se até que a face delicada e angelical da fotografia se converta completamente no rosto cansado que enxerga no espelho. Fica imaginando a própria cara sendo devorada por todos os tipos de bactérias e fungos, seu semblante se putrefazendo até que não reste nada além dos ossos.

Ele continua vasculhando as imagens. Tenta definir que parente é cada uma daquelas crianças. Reconhece o tio que morreu de cirrose no ano passado e o que agora só faz *stories* defendendo intervenção militar. Não sabe se a menina com tranças no cabelo é a prima que foi embora para os Estados Unidos e nunca mais falou com ninguém ou aquela que acredita que o agronegócio é mesmo pop. No corredor próximo à sala ainda há imagens que foram ampliadas e emolduradas nas paredes, retratos das primas mais bonitas encomendados e presenteados aos avós. Há também uma imagem do patriarca da família no dia da cerimônia de sua consagração como grão-mestre da maçonaria, e uma montagem de retratos antigos dos avós ainda jovens um ao lado do outro. Aquelas imagens vão aos poucos se descolando de sua biografia e se tornando apenas fotografias antigas em uma casa abandonada, algo que talvez alguém no futuro ache macabro demais e do qual decida se desfazer, deixando-as em feiras de antiguidades ao lado de pequenas taças de cristal com gravuras e conjuntos de talheres de prata.

Verifica se ainda há gás no botijão da cozinha e coloca uma chaleira para ferver no fogão. Encontra um pacote velho de erva-mate no topo de uma prateleira e prepara um chimarrão em uma das cuias abandonadas. Faz os movimentos de forma quase automática. Despeja o pó e vira o recipiente de lado para acomodar a erva na lateral. Depois preenche com a água fervida o espaço vazio até o topo da cuia e em seguida insere a bomba com cuidado até o fundo do líquido verde. Fica observando o fino tubo de metal, no meio do qual há pequenos floreios dourados e pedras coloridas incrustadas. Sorve o primeiro gole da bebida e cospe na pia. Depois suga todo o restante de pouco em pouco, parado de pé na cozinha. Escuta o ronco no fundo da cuia quando termina e a preenche de água novamente logo em seguida. Com o chimarrão e a garrafa térmica em mãos, ele vai até o pequeno pórtico na entrada da casa e senta-se em uma das espreguiçadeiras dobráveis de madeira e tecido que ainda estão ali. Acomoda-se em direção à rua para observar os passantes, da mesma forma como faziam os adultos anos atrás. Passavam as tardes ali conversando, revezando o chimarrão entre si, e nessas ocasiões o tempo parecia mais dilatado do que o normal. Por vezes algum conhecido passava em frente ao portão e os cumprimentava com um aceno. Se era alguém mais próximo, não raro entabulavam um curto diálogo aos gritos, um da porta de casa, outro do lado de fora do portão. Esse não era um costume exclusivo de seus familiares. Andando pela vizinhança, podia notar em quase todas as casas a mesma configuração: um pequeno jardim em frente à residência, com algumas pequenas árvores e canteiros de flores, e duas ou três cadeiras logo ao lado da porta de entrada, onde encontrava-se amiúde uma senhorinha lendo uma revista ou fazendo tricô. Ele fica ali sentado por alguns instantes. Alguns carros passam em frente à casa, mas a rua se mantém deserta na maior parte do tempo. Do alto da colina onde está a casa, ele avista alguns edifícios novos na linha do horizonte. A cidade já é outra e, ainda assim, ele sente perder novamente a dimensão dos minutos que permanece ali sentado com a cuia na mão. Um senhor mais velho passa em frente à casa. Apesar do sol forte, veste uma boina de um tecido pesado e caminha devagar pela calçada rente à grade do terreno. Quando chega na altura do portão, parece notar a presença do jovem sentado e vira-se em sua direção. Examina-o à distância por alguns instantes, procurando nele algum traço reconhecível. Os dois ficam se olhando em silêncio, até que o velho estende a mão no ar num aceno discreto. O jovem retribui o gesto e o senhor retoma seu caminho até desaparecer no outro canto da cerca.

43.

44.

São Paulo, 12/11/79

Olá M. querida,

Estou arrependido de ter lhe escrito a última carta, dizendo que estava com raiva de você. Retiro tudo o que disse, não estou nem um pouco chateado, pelo contrário, gosto muito de você e não seria por falta de notícias que eu iria ficar com raiva da minha querida "bahzinha", que adoro, que eu sou apaixonado (de verdade) por ela!!! Estou perdoado?

Se eu ganhasse hoje na loteria esportiva (sozinho), eu iria a Porto Alegre, conversava com o meu sogro P. e minha sogra H. e levaria você (e é claro, a D.) comigo para Acapulco e lá eu arrumaria um mexicano bem bacana e rico para a D. e passaríamos a nossa lua de mel, que tal? E olhe que esta é a estação mais bonita em Acapulco, eu sei porque no meu 1º casamento foi nesta época que lá estive.

Ontem, domingo eu liguei para você (eram 23:30hs) e ninguém atendeu, não devia ter ninguém em casa, já estava batendo perna hem? E depois diz que não está me traindo!

M., até agora não posso lhe adiantar nada sobre o verão, mas pode ficar tranquila que não vou sumir e se tudo correr bem eu irei me encontrar com você, isto é claro, se você quiser?! Não há perigo, eu manterei contato com você de Goiânia, só que será por telefone, OK?

Quanto às corridas, o que posso lhe dizer é que em Goiânia o Raul ganhou e o Paulão ficou em segundo. Já no Rio (eu não fui), o Alencar ganhou e o Paulão tornou a ficar em segundo. A próxima será novamente no Rio dia 25 e será a última que irei. O Paulão encontra-se ainda em 3º lugar na classificação geral, com 158 ptos, em 1º o Afonso com 169 e em 2º o Alencar com 162. Faltam três provas para o término do campeonato: 25: Rio; 02/12: Cascavel e no dia 6/01: Interlagos.

Estou morrendo de saudades de você e tenho certeza que a saudade que sinto está forçando minha ida até aí, daí não me responsabilizo por mim se lhe dar um beijo assim que lhe ver...

M., paro por aqui e continuo em outra carta depois. Um beijão para você — lhe adoro viu?!!!

Bode

45.

Cueca virada. Cuca. Cacetinho. Sagu. Pinhão. Carreteiro. Costela. Capeletti. Polenta. Xis-salada. Galeto. Salaminho. Misto-quente. Refrigerante sem gás. Beber refrigerante sem gás no gargalo descalço molhado de sunga com a porta da geladeira aberta. Comer um pote inteiro de pepino em conserva. Acender a lareira no inverno. Ficar atiçando o fogo. Brincar com fogo. Salpicar gotículas de água sobre a chapa quente do fogão a lenha. Observar a cachorra tomando banho de sol no pátio. Estirar-se ao lado da cachorra no sol. Sentir o calor da pedra contra a pele recém-acordada. Observar os adultos passando café. Tomar um gole. Só um. Acompanhar a avó à vendinha da esquina. Comprar fiado. Ouvir a dona da venda comentar o quanto você cresceu. Passar o dia inventando as regras de uma nova brincadeira. Fingir ser bicho. Atravessar o jardim sobre quatro patas. Fingir que o pátio é lava. Fingir perseguição de criminosos no jardim. Fingir o êxodo dos dinossauros. Fingir ser segurança barrando caras na entrada da boate. Fingir Big Brother Brasil. Fingir ver espíritos no fundo do terreno. Acreditar. Acordar os avós no meio da noite gritando. Levar um esporro. Passar o dia na piscina. Querer pular depois de comer e não poder. Competição de salto. Competição pelo rasinho. Competição para ver quem chega primeiro. Dar caldo no último. Arrancar a roupa apressado e correr para a chuva. Sentir o coração na boca debaixo da tempestade. Sentir a pele pegando fogo enquanto se atravessa o dilúvio. Ficar debaixo das calhas do telhado onde a água despenca com força. Levar um esporro. Beber um gole de conhaque que o avô dá para não gripar. Só um. Esperar ansiosamente a visita do tio que vem passar o fim de semana. Aguardá-lo com um balde cheio de bexigas de água. Arremessá-las em seu Chevrolet Vectra antigo assim que ele entra na garagem. Escalar o telhado. Escalar a árvore. Tomar porrada do primo. Ameaçá-lo com um tijolo. Querer ser o primo e odiá-lo ao mesmo tempo. Perfurar insetos com alfinetes. Jogar sal nas lesmas da horta. Mostrar o pinto pros vizinhos ciganos pra ver se deixa mesmo de crescer. Descobrir a senha do canal adulto. Virar a noite assistindo escondido. Roubar a *Playboy* do tio. Ficar meia hora na página que mostra a buceta. Tomar banho com os primos. Jogar xampu dentro da sunga. Ficar de pau duro. Sentir o coração na boca debaixo do chuveiro. Achar errado mas fazer mesmo assim. Passar a tarde calorenta prostrado em frente à televisão. Explorar as ruas do bairro. Dar uma volta em todos os quarteirões debaixo do sol. Sofrer insolação. Chupar um picolé deitado na rede. Ficar de pau duro. Tentar escutar a conversa dos adultos. Seus segredos. Lavar o carro do avô. Tomar um gole da cerveja do avô. Só um. Ver a mãe chorando. Não entender. Presenciar a avó acusando a empregada de roubo. Ver a empregada chorando. Ver a avó se desculpando. Achar tudo muito adulto. Espiar a empregada tomando banho pela fechadura. Tomar um susto com a buceta de verdade da empregada. Coração na boca. Pular o muro da vizinha para brincar. Enfiar a língua na boca da vizinha. Tocar o peito da vizinha por cima do biquíni. Deixar que ela coloque por baixo. Ficar de pau duro. Tomar mate com os adultos na frente de casa olhando a rua. Ouvir o que eles têm a dizer. Querer ser adulto. Ligar para o pai nos fins de semana. Contar tudo. Obedecer à mãe e dizer que está com saudade. Não entender. Achar errado mas fazer mesmo assim. Sentir o dia envelhecendo. Sentir a respiração acalmando com o entardecer. Sentir nada mais que o presente. Deixar que o presente dure. Nunca mais se esquecer.

46.

O ESTADO DE S. PAULO — Segunda-feira 15-10-79
EDIÇÃO DE ESPORTES — JORNAL DA TARDE — 11

Chuva e batidas em Tarumã.
Os pilotos reclamam da organização.
Mesmo com a pista de Tarumã alagada, a etapa foi
realizada. Boesel venceu. Os pilotos protestam.

Raul Guilherme Boesel, da equipe O Globo, foi o vencedor
da décima etapa do 1º Torneio Brasileiro de Stock Car, disputa-
da ontem no autódromo de Tarumã, completando o total de 27
voltas em 40min38seg24/100, firmando-se como uma das prin-
cipais atrações da categoria, depois de uma disputa com o expe-
riente Paulo Gomes, da Gledson/Coca-Cola sob violenta chuva
na segunda bateria, que determinou o encerramento da prova
na 11ª volta, desta série, a cinco do final.

A primeira bateria não apresentou maior destaque do que a luta pela liderança entre José Giaffone, que marcou a pole-position com 1min22seg11/100 e andou na ponta nas duas primeiras voltas, sendo ultrapassado por Paulão e Boesel, que se revezavam na ponta em certa altura da prova. A segunda bateria marcou definitivamente esta etapa, pelo risco que a pista coberta por um lençol de água oferecia aos pilotos.

A falta de condições de segurança levou os pilotos a redigirem um protesto exigindo o cancelamento da segunda bateria da competição, que deverá ser encaminhado pelo diretor da prova, Heron de Lorenzzi, ao presidente da Confederação Brasileira de Automobilismo. O movimento, liderado por Paulão, Ingo Hoffmann, Valtenir Oliveira e Reinaldo Campello, alegava a falta de visibilidade e indirigibilidade dos veículos sobre a pista completamente alagada em todo o seu percurso.

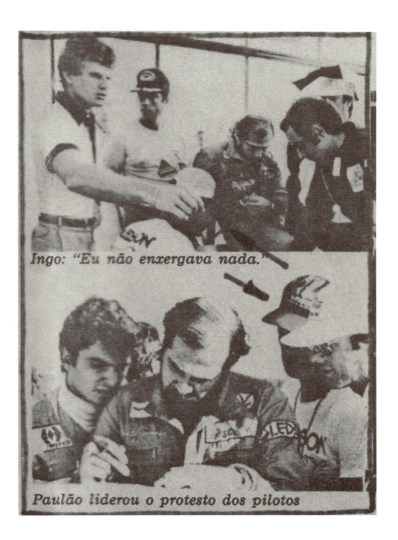

Ingo: "Eu não enxergava nada."

Paulão liderou o protesto dos pilotos

47.

18ª semana — 16/05/93 — domingo
As minhas roupas são todas pequenas. Tenho que ganhar roupas novas porque cresço feito abóbora.

19ª semana — 23/05/93 — domingo
Esta semana foi mais ou menos. Mais porque fomos ao Barra Shopping e ganhei roupas novas, grandes, aquelas que a gente fica solto dentro delas. Menos porque sábado amanheci com febre passei a noite toda c/ febre alta 38°/39° mamãe ficou muito preocupada só foi dormir de manhã. Mamãe ligou p/ o dr. N. e ele disse que pelos sintomas, febre só sem mais nada, devo estar c/ exantema súbito ou roséola ou ainda 6ª moléstia uma virose q/ dá febre alta por 3 dias. Depois o bebê fica todo com manchinhas vermelhas e a febre vai embora. Por enquanto só tenho febre. Mamãe vai me levar no dr. amanhã.

* * *

Nos dias de consulta, quem leva? Um membro da família, pelo menos, de maneira nenhuma vai sozinha, só com a acompanhante.

O médico trata a conversa com uma normalidade forçada:

Tudo bem? Como você está? Lembra de mim?

Constata a clara perda de peso, já não preenche mais as roupas. Ele garante, é natural do processo, existem maneiras de retardá-lo, vai passar um suplemento. Muda um pouco as dosagens, faz um exame de rotina e conclui, tudo vai bem.

Como está sua mãe?, me perguntam.

Tá bem.

48.

VII. ACONTECE QUE O TEMPO PASSA E AS COISAS MUDAM

No dia seguinte, a tia organiza um churrasco com os familiares e enquanto todos conversam em volta da carne assando ele sente a mesma inquietação das últimas visitas que fez àquele lugar. No falatório dos parentes, reconhece a caricatura do país conservadorista, um traço que talvez já estivesse presente, mas que lhe escapara nos tempos isentos da infância. Enquanto escuta o gotejar efervescente da gordura sobre a brasa, percebe-se cada vez mais incongruente em relação àquelas figuras. Apesar de serem o fundamento de sua própria história, ele agora é apenas mais um elemento do passado fora do lugar. O desconforto é mútuo. Não parecem se interessar por quem ele se tornou. Não perguntam a respeito de seu trabalho ou do que veio fazer ali, e por trás da aparente descontração do almoço é evidente que ambos os lados ocultam uma parte de si. Ele chega a essa percepção com uma leve mágoa. A família da mãe sempre fora o oposto dos parentes do lado paterno: expansiva, franca e bem-humorada. Quase todas as lembranças de sua juventude se passavam nesse cenário, com essas pessoas. As memórias de suas férias no Sul eram para ele um elemento constitutivo de sua identidade. Ainda assim, calado em meio àqueles com quem havia crescido, não conseguia enxergar nada além de seu oposto.

Alguém anuncia que a cerveja está acabando e o primo se prontifica a comprar mais, chamando-o para acompanhá-lo. Ele se surpreende com o convite, mas segue-o sem hesitar e os dois saem de carro. O primo conecta o celular por um cabo preso ao som e escolhe uma música. A batida eletrônica preenche o interior do veículo e o baixo do alto-falante faz tremer o molho de chaves que está em um dos porta-copos. O primo apoia o braço esquerdo na janela do carro, enquanto controla ao mesmo tempo o volante e o câmbio com a mão direita. A cada vez que engata uma nova marcha, larga a direção por alguns curtos instantes e o carro desvia de sua reta, até que o motorista alinhe novamente o volante. Há nessa simples ação a marca de uma predileção característica dos homens daquele lugar pelo perigo e a violência. Quando eram mais jovens, essa inclinação parecia servir aos meninos em sua exploração constitutiva dos limites. A agressividade era como um traço necessário de todas as brincadeiras, uma predisposição natural que precisava ser exercida conforme cresciam para que pudessem aos poucos dissipá-la. Mas em algum momento divisor, essa ordem se alterou. Os ataques e provocações insuspeitos da infância tornaram-se traços de um temperamento irascível na adolescência. As mulheres da família continuaram a atribuir aquelas características à índole viril de seus rebentos. Aquela era a natureza deles e não havia muito o que fazer a respeito. O filho já não conseguia se ajustar ao feitio impetuoso dos homens com quem convivia ali e sua compleição calma e equilibrada passou a ser vista como frágil e tacanha. Em um curto intervalo de tempo, deixou de pertencer àquela tribo e toda vez que voltava à cidade sentia-se observado feito um alienígena. Não podia esquecer da vez em que foram todos a uma boate onde, depois de dividirem uma garrafa de uísque, os primos arrumaram confusão com rapazes que supostamente conversavam com as namoradas. Sem nem ao menos tentar esclarecer a situação, desferiram murros no rosto dos jovens repetidas vezes, revezando-se entre si, até que os seguranças do local os retiraram à força. O choque da brutalidade tão próxima só não o espantou mais que a naturalidade com que os primos deram continuidade à noite, indo para outro bar logo em seguida enquanto debochavam dos homens que haviam agredido no caminho.

Ele lembra daquela noite enquanto examina o primo de esguelha. Seu antebraço é coberto de tatuagens, dentre as quais está o nome de sua mãe em letras ornadas. O primo manuseia os controles do carro com destreza. Tem os cabelos lisos e loiros caindo sobre as orelhas finas e, em uma delas, um pequeno brinco dourado. Suas feições são todas delicadas: o nariz estreito e alteado, as sobrancelhas bem desenhadas, os lábios franzinos e rosados ao redor dos quais leva um tênue cavanhaque. Apesar de muito magro e da baixa estatura, tem um porte atlético, deixando os largos ombros e o peitoral avultado aparentes sob a camiseta. Há uma pequena corrente de prata pendente no punho e as unhas miúdas são todas roídas. O primo sempre o remeteu a uma ambivalência misteriosa. Era um jovem bonito e perspicaz que atraía para si todas as atenções com sua descontração contagiante. Equilibrava um cinismo espontâneo com momentos de uma sensibilidade incomum em seus conterrâneos. Suas ações inconsequentes pareciam em alguma medida fazer parte desse charme. Foi expulso de mais de uma escola quando era mais novo e as rixas que tinha pela cidade acumulavam-se constantemente. Nas reuniões de família, os mais velhos deleitavam-se com suas histórias, como se enxergassem em sua delinquência a leviandade prazerosa da própria juventude passada. No entanto, o filho sempre suspeitara que aquele comportamento imprudente do primo tentava compensar uma desesperança e um sentimento de descrença em relação a si mesmo.

O primo encosta o carro em frente a uma venda e buzina, chamando um dos atendentes pelo nome. O rapaz traz as cervejas geladas e o primo lhe apresenta o parente carioca. O atendente faz alguma graça, forçando os erres e os esses em um sotaque afetado, e os dois riem. A piada é bem-intencionada, mas há ali também um ressentimento velado que não lhe passa despercebido, algo que o remete a uma verdade da qual sempre desconfiou — a de que sua mãe deixara aquele lugar para trás baseada na convicção de que ali nunca alcançaria o que almejava. Apesar de ela nunca ter revelado isso, sua crença de que aquela existência nunca lhe seria suficiente era sugerida pela vida que construiu. A maneira como passou a se portar, a forma de falar e se vestir, as viagens que fazia com o marido, as escolas em que o filho estudava, a casa dos sonhos — tudo era parte de uma nova identidade que não cabia mais nas esquinas pacatas onde havia crescido. Esse contraste ficava evidente toda vez que voltava à cidade e, apesar de sempre ser acolhida pelas irmãs, podia sentir uma nova tensão naquelas relações, uma compreensão implícita por ambas as partes de que uma nova hierarquia de valores havia se formado. Ainda que estivessem perpetuamente ligadas pela história que compartilhavam, estariam também sempre apartadas pelo entendimento tácito de que a vida de uma era melhor que a das outras. Era óbvio que esse rancor não era lógico. Sabiam que independentemente do caminho seguido, todas elas tinham as próprias amarguras. Mas a mãe parecia ter tido a sorte abundante que todas esperavam para si. Conversando em volta da mesa do almoço, passando a tarde com as crianças na beira da piscina, preparando juntas uma sopa para a janta numa noite mais fria, elas eram as mesmas. Gargalhavam recordando-se dos flertes da adolescência, choravam confidências no ombro uma da outra, partilhavam de um mesmo contentamento enquanto observavam os filhos brincando sobre a grama e viam ali a continuação de seus laços afetivos. Mas as visitas sempre chegavam ao fim, e mãe e filho partiam no pequeno avião, deixando para trás os dias simples e brandos das férias que, para o resto da família, era o cotidiano.

Ele pensa nisso enquanto observa o cenário pela janela do carro no caminho de volta. Pedestres escalando as ladeiras pelas calçadas de pedra São Tomé. Portões com cercas elétricas e sinais de PERIGO. Senhoras entrando em lojas de malha em promoção. Passam pelo grande hipermercado onde há também o único cinema da cidade. Pelo colégio católico onde todos haviam estudado. A fachada dos prédios cruza seu campo de visão em um único borrão monocromático. Sabe que o primo também está a par dessa diferença fundamental entre eles. Sabe que, mesmo que ele a disfarce, o primo reconhece sua soberba. Talvez por isso mesmo o espezinhe a cada oportunidade, vexando-o em pequenas doses, de modo a garantir que os dois estejam sempre no mesmo nível. Esse acordo também o beneficia. Qualquer culpa que possa sentir em relação aos seus delírios de superioridade é logo sanada por sua nova condição de vítima. Sentado ali no carro do primo, absorto nas pulsações emitidas pela caixa de som ao lado de seu assento, ele percebe que essa simbiose não deixa de ser mais um pacto corrupto

que serve apenas para sustentar aqueles vínculos obso-
letos. Sente-se mais uma vez perdido, ingênuo por acreditar que retornando aos locais do passado encontraria
aquilo que já não mais encontra no presente. Ele mira
atentamente a linha do horizonte que sobe e desce conforme o carro percorre as ladeiras da cidade.

49.

O Medicamento 1 é destinado ao tratamento da narcolepsia, auxiliando na manutenção do estado de vigília (manter-se acordado). A narcolepsia é uma condição que causa sonolência excessiva durante o dia, com a presença de episódios de sono incontroláveis, frequentemente em horas inapropriadas, como durante a alimentação, a conversação etc.

Pare de tomar o Medicamento 1 e entre em contato com seu médico imediatamente se você sentir alguma alteração na saúde mental e bem-estar, incluindo sinais de alterações de humor ou pensamentos anormais; agressão ou hostilidade; esquecimento ou confusão; sensação de extrema felicidade; sobre-excitação ou hiperatividade; ansiedade ou nervosismo; depressão, pensamentos ou comportamento suicidas; agitação ou psicose (a perda do contato com a realidade pode incluir delírios ou sensações irreais).

O Medicamento 2 é indicado para tratamento do transtorno depressivo maior (TDM, estado de profunda e persistente infelicidade ou tristeza acompanhado de uma perda completa do interesse pelas atividades diárias normais).

Os antidepressivos podem (geralmente no início do tratamento e nas alterações de dosagem) levar a alteração do comportamento, piora da depressão e ideação suicida. É importante que você, paciente, e seus familiares fiquem alertas para o aparecimento de ansiedade, agitação, insônia, irritabilidade, hostilidade, impulsividade, acatisia (agitação psicomotora, ou seja, dos pensamentos e movimentos), mania, hipomania (exacerbação do humor, euforia) e qualquer outra alteração do comportamento.

A interrupção repentina deste medicamento deve ser evitada sempre que possível, pois pode ser acompanhada de: alteração do humor para a euforia ou tristeza, irritabilidade, agitação, tontura, ansiedade, confusão, dores de cabeça, letargia (sensação de lentidão), labilidade emocional (falta de controle das emoções), insônia, tinido (escuta de um chiado inexistente) e convulsões.

O Medicamento 3 é indicado para incontinência urinária (dificuldade para reter a urina), urgência para urinar e noctúria (aumento do volume de urina durante à noite) e incontinência em pacientes com bexiga neurogênica (disfunção da bexiga com perda de controle da urina por alterações no sistema nervoso).

O Medicamento 3 pode causar agitação, confusão mental, sonolência, tontura, alucinações e visão turva que podem diminuir as habilidades físicas e mentais; por essa razão, os pacientes devem ser avisados para ter cuidado na realização de atividades que exijam atenção, como conduzir veículos ou operar máquinas.

O Medicamento 4 é indicado como terapia adjuvante no tratamento de crises convulsivas parciais com ou sem generalização secundária em adultos, adolescentes e crianças com idade superior a seis anos, com epilepsia.

Foram notificados suicídio, tentativa de suicídio e ideias e comportamento suicida em pacientes tratados com o Medicamento 4. Os pacientes devem ser aconselhados a contatar o médico assim que surjam sinais de depressão e/ou ideias e comportamento suicida.

50.

---------- Mensagem enviada ---------

De: G.

Data: Fri, Jul 30, 2021 at 6:07 PM

Assunto: busco lembranças

Para: L.F.

Olá, L.F.!

Tudo bom?

Meu nome é G., sou filho da M., de Porto Alegre. Descobri recentemente umas cartas antigas que minha mãe trocou por uns anos com um grande amigo e acho que esse amigo pode ser você. Se for mesmo, eu adoraria poder bater um papo sobre aquela época contigo e compartilhar algumas histórias. Fico no aguardo.

Abs,

G.

---------- Mensagem recebida ---------
De: L.F.
Data: Fri, Jul 30, 2021 at 9:21 PM
RES: busco lembranças
Para: G.

Boa noite!
Seria uma honra poder me comunicar com você, mas essas cartas não procedem. Mesmo assim, estou aqui em Goiânia para dar o que vier!
Um abraço.
L.F.

---------- Mensagem enviada ---------
De: G.
Data: Sat, Jul 31, 2021 at 8:40 AM
RES: busco lembranças
Para: L.F.

Olá,

Obrigado pela resposta! Mas você chegou a conhecer uma M.? Mandando aqui abaixo uma foto dela para ver se você lembra. Adoraria poder conversar sobre a história de vocês.

---------- Mensagem recebida ---------

De: L.F.

Data: Sat, Jul 31, 2021 at 10:25 AM

RES: busco lembranças

Para: G.

Não me lembro dela, mas da camiseta sim. Me reporta quando eu cronometrava para o Paulão Gomes na equipe Gledson/Coca-Cola no começo da Stock Car.

---------- Mensagem enviada ---------
De: G.
Data: Sat, Jul 31, 2021 at 11:17 AM
RES: busco lembranças
Para: L.F.

Sim! Nesse caso, acredito mesmo que seja você, pois nas cartas você menciona as corridas da Divisão 1 que cronometrou nos autódromos de Goiânia, Brasília e Tarumã. Ela guardou mais de 30 cartas que você enviou a ela entre 1974 e 1979. Nelas você conta várias histórias suas e de seus amigos (Reginaldo, Rogério, Konde etc.). Na época, você era estudante em São Paulo. Vocês se conheceram em 1974, quando visitavam o hotel Casino Marambaia, em Balneário Camboriú. Depois passaram 5 anos sem se ver, só trocando cartas, e pelo que entendi só se encontraram pessoalmente mais uma vez, em 79. Pelo que li, vocês se tornaram grandes amigos naquela época. Ela sempre falou de você nos anos seguintes. Há alguns anos, ela foi diagnosticada com um tipo de demência e hoje vive com essa doença. Eu estou escrevendo um livro (ficcional) a partir de vários documentos que descobri do passado, incluindo algumas das cartas. Envio-lhe algumas delas em anexo para que você possa ler, além de mais algumas fotos dela na época em que vocês se conheceram, e uma sua, que ela guardou junto das cartas. Se você estiver disponível, podemos marcar uma chamada pelo Zoom para que eu possa lhe mostrar mais algumas das cartas e fotografias que tenho comigo. Seria muito bom se eu pudesse também lhe fazer algumas perguntas sobre aquele tempo, como pesquisa para o livro. Fico no aguardo.

Abs,

G.

51.

M.,

Atrás da pequena cortina de um material plástico há um homem tossindo sem parar. Por um breve instante, os curtos apitos do monitor conectado ao teu peito entram em sincronia com os barulhos vindos do leito vizinho. A principal sala do setor de emergência tem o formato de um panóptico, com diversas camas posicionadas perpendicularmente contra as paredes, separadas por divisórias e por uma sala de vidro no centro, onde fica a equipe médica. A forte luz estéril que vem desse pequeno aquário contrasta com a iluminação débil do resto da sala. Sentimo-nos observados, mas isso traz certo alívio. Tanto você quanto eu estamos com sono. Pestanejamos entre um bocejo e outro. Teus olhos transitam por todo o espaço ao teu redor e você parece desconfiada dos médicos dentro do cubo de vidro na tua frente. Teu olhar percorre o meu rosto, ele é tudo o que resta. Deixo que você me observe, que encontre meu olhar e fique com ele, comigo. Você tenta em vão arrancar o oxímetro de borracha preso em teu indicador e eu seguro tua mão com a minha, que você começa a afagar de forma quase involuntária. Uma das enfermeiras vem verificar teu estado. Ela faz algum comentário esperando que você responda e me pergunta em seguida se você entende. Digo que não, mas não tenho certeza. Você mira o rosto da enfermeira enquanto ela verifica o escalpe preso a uma veia no dorso da tua mão e percebo que ela começa a usar o tom infantil que a maioria das pessoas hoje escolhe quando se dirige a você. Sinto vontade de chamá-la de imbecil ao mesmo tempo que fico agradecido pelo cuidado que demonstra contigo. Pergunto quando você subirá para o leito na UTI. Ela diz que alguém da equipe de internação trará alguns documentos para eu assinar e que em seguida você já será transferida. Ficamos naquela sala escura no mínimo por mais uma hora. Há uma letargia naquele ambiente que pouco corresponde à urgência que se espera da ala emergencial de um hospital. É o início da noite de um domingo. Desde sexta, você está com mais dificuldade de deglutir os alimentos do que o normal. Há, eventualmente, no avanço progressivo e regular da doença, essas pioras bruscas e inesperadas que parecem acelerar todo o processo. O dia em que parou definitivamente de falar. A vez que deixou de se sustentar de pé. Grandes blocos que se desprendem e desabam em meio ao teu vagaroso degelo. Como se sofrêssemos do teu mesmo esquecimento, entramos novamente em desespero a cada vez que isso acontece. Levar você a uma emergência parece a única decisão lógica. Assistimos aflitos aos paramédicos transferindo teu corpo mirrado para uma maca e transportando você até a imagem lúgubre que é uma ambulância parada em frente ao portão da casa. Buscamos a bolsa que você usava todos os dias, onde ainda ficam guardados tua carteira e todos os teus documentos. No check-in na recepção perguntam meu grau de parentesco. Sou filho. Deixam que eu entre para te acompanhar. Fazem uma bateria de exames. Hemograma completo, raio X do tórax e uma análise geral das tuas funções cognitivas. Constatam que você apresenta um quadro de hipernatremia, está com níveis de sódio no sangue muito acima do normal. É uma alteração comum em pacientes acamados, em quem as funções renais estão comprometidas. O quadro é grave, principalmente porque pode afetar o sistema nervoso. Já na UTI, a médica de plantão traça um plano de ação que consiste em reidratação lenta e cuidadosa, uma vez que uma alteração brusca na composição sanguínea pode resultar em edema cerebral. Prescreve uma correção com diferentes tipos de soro que os enfermeiros passam a noite toda administrando enquanto você cochila debaixo das grossas cobertas. Não temos uma compreensão real da dimensão do problema. Atualizam-nos diariamente a respeito das variações no teu quadro, mas parecem falar em códigos obscuros e entrelinhas. Ficamos na expectativa de garantias absolutas que nunca vêm. Prometemos a você que tudo vai ficar bem, mas à noite, após o horário de visitação, você adormece sozinha no quarto gelado rodeada por outros pacientes que parecem ter a vida suspensa por um delicado barbante. São figuras que me lembram os retratos de Francis Bacon. Os olhos cerrados, o nariz convulsionado e a boca contorcida em busca de um último sopro. Imagino o dia da tua morte e não consigo supor o que vou sentir. Pergunto-me se ao fim de todo o luto diluído pelos anos restará apenas o alívio e o remorso. O responsável pelo teu caso recomenda uma gastrostomia. Você será alimentada por um pequeno tubo preso através da barriga até o interior do estômago. Estava subentendido entre nós que esse seria o começo de seu estágio final, o último iceberg se soltando. Você me olha da cama. Há vários fios que te conectam aos monitores de onde são emitidos bipes constantes. A sonda que antes entrava pela tua narina foi transferida para o buraco que você agora tem no abdômen. Disseram-nos que amanhã você receberá alta e que poderá ir para casa. Disseram-nos que serão necessários cuidados em tempo integral por uma equipe treinada que se ocupará da sua higienização, alimentação e reposicionamento sobre a cama a cada duas horas para evitar a formação de escaras, feridas que podem aparecer na superfície da pele em regiões de apoio, como costas, nádegas, cotovelo e tornozelo. Rechaço a suspeita de que você não suportaria essa tua nova realidade convencendo a mim mesmo de que não há alternativa. *Amar na doença é quase querer que a doença continue.* Você é levada de volta para casa. No teu quarto há agora uma cama hospitalar, um cilindro de oxigênio e uma cômoda cheia de suprimentos médicos. Você segue uma rotina rígida que inclui banhos de sol, sessões de fisioterapia e horários específicos de alimentação. Há todo um aparato que sustenta a manutenção da tua vida, uma promessa vazia de que tudo ficará bem.

52.

Barriga da mamãe 1992

Estou na barriga da minha mamãe. Hoje ela sonhou comigo. No sonho eu sou um bebê muito feliz, rio o tempo todo e o mais curioso, tenho o rostinho pintado, a parte esquerda é azul-clara, tem nuvenzinhas brancas e meio arco-íris bem colorido. O lado direito também é azul e tem próximo do meu olho uma borboleta delineada. Mamãe achou o sonho tão bonito que vai mandar pintar um quadro com o sonho para pôr no meu quarto.

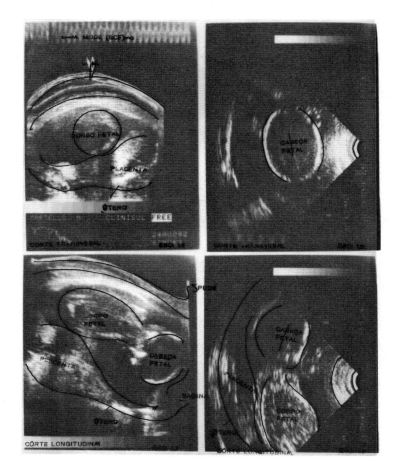

53.

VIII. O RESTO É COM VOCÊ, FICO AGUARDANDO

Ele aguarda pacientemente na sala vazia. Mais cedo, fez a barba que já estava desgrenhada, tomou um café preto e fumou um cigarro sentado no banco de madeira carcomida que ficava no pátio. Depois, como havia prometido à tia, passou o resto da manhã fazendo uma faxina geral na casa. Espanou todas as prateleiras. Lavou na máquina os lençóis que cobriam os móveis e os pôs para secar sob o sol no varal. Deixou todos os armários abertos por algumas horas e depois colocou um pedaço de carvão no interior de cada um deles para evitar mofo. Aspirou todos os cômodos, limpou as vidraças e recolheu as folhas secas espalhadas pelo gramado. Na hora marcada, sentou-se em frente ao laptop na mesa de jantar e acessou a chamada de vídeo pelo link que enviou para Bode por e-mail. Sua imagem preenche toda a tela do computador e ele fica se observando por alguns instantes. Levanta e move a vassoura que deixou apoiada na parede ao fundo e que estava aparecendo no plano. Abre a cortina para que entre mais luz no cômodo e senta-se novamente. Aguarda em silêncio. Tem ao seu lado duas pastas estilo catálogo com todas as cartas guardadas pela mãe dispostas em folhas transparentes em ordem cronológica. No outro canto da mesa, um dos quatro álbuns nos quais organizou parte das fotografias. A imagem de seu rosto na tela oscila levemente conforme ele chacoalha os joelhos de um lado para o outro.

O laptop emite um curto sinal e exibe uma mensagem na tela. Fernando quer acessar a sala. Ele permite o acesso e a imagem do outro aparece, as duas agora no formato de dois retângulos um ao lado do outro. O homem da imagem é um senhor de cabelos brancos penteados para trás. Ele tem a pele do rosto toda avermelhada, marcada por grandes sulcos ao redor dos olhos e do pescoço. Seu nariz é protuberante e, pelos finos lábios entreabertos, podem-se ver seus dentes tortos e amarelados pelo fumo. Seus olhos são de um azul-claríssimo que mantém em si uma jovialidade antagônica em relação ao seu semblante. Ele fita o jovem atentamente e parece aguardar alguma ação sua. Os dois sorriem quase na mesma hora. O rapaz o cumprimenta e agradece sua disposição para falar com ele. Diz que está muito feliz de tê-lo encontrado, já que o procurava havia alguns meses. Conta como descobriu todos os documentos passados, do livro que está escrevendo e da viagem que fez à casa dos avós. Ele fala sem parar por alguns minutos enquanto o senhor o escuta, até que interrompe a si mesmo, pedindo desculpas e deixando-o responder. O velho dá um longo suspiro.

"Gabriel, estou muito emocionado com tudo o que você me mostrou. Agora, sim, é claro, me recordo da Miriam e de tudo que se passou entre nossa amizade. Como você mesmo disse, nós nos conhecemos ao acaso, enquanto estávamos os dois de férias em Santa Catarina. Ela viajava com a irmã e mais um grupo de amigas. Avistei-a pela primeira vez no bar do hotel, bebendo um daiquiri de morango. Ela tinha uma flor de hibisco nos cabelos negros e a pele morena do sol. Era muito bonita. Eu, ao contrário, era um garoto muito tímido e sem-jeito, mas por sorte viajava com um grupo de amigos e acabamos nos entrosando com as meninas. Papeamos a noite toda e no dia seguinte combinamos de ir juntos à praia de Laranjeiras. Naquela época, chegava-se lá a pé por uma trilha no meio da mata. Era uma subida íngreme, mas tua mãe era encantadora e aquele dia passou num piscar de olhos. Ainda nos encontramos mais algumas vezes na viagem, e no fim combinamos de nos escrever. Peguei o seu endereço e já no mês seguinte lhe enviei uma carta que, para o meu deleite, ela respondeu logo em seguida. O resto é a história que você já conhece. Eu realmente me sentia demasiado sozinho em São Paulo. Demorei para me acostumar à vida ali, tanto que, no fim das contas, voltei para minha terra. Nossa correspondência foi um alento para mim. Tua mãe era uma pessoa doce e muito especial. Lembro-me das coisas que me contava sobre a faculdade, de como era dedicada aos estudos. Era muito carinhosa com a família e me reconfortava em suas mensagens. Ela também não gostava muito de Porto Alegre e creio que esse sentimento de inadequação com o nosso contexto era algo que nos unia. Recordo-me de reconhecer nela uma inquietude que também me afligia. Acho que nós dois sentíamos estar no lugar errado e as confidências que trocávamos pareciam nos nortear de alguma forma. De fato, só nos encontramos mais uma única vez, quando passei por Porto Alegre a trabalho em 79. Marcamos em um bar, não me lembro qual. Ela já não era mais a menina que eu havia conhecido na praia, mas uma mulher-feita, muito dona de si e belíssima. Fiquei completamente desconcertado, mas ela me tratou da mesma forma como quando havíamos nos conhecido. Estava trabalhando em uma firma de arquitetura e morava com duas amigas em um apartamento. Naquela ocasião, ela me contou que seus pais haviam mudado de volta para o interior e que ela pensava em voltar a morar com eles, pois então ainda não se sentia em casa ali. Falamos dos nossos trabalhos e sonhos, rememoramos a viagem a Camboriú e planejamos um dia voltar. Confesso-lhe que no final da noite senti uma vontade irresistível de beijá--la, mas quando me aproximei ela se esquivou. Segurou meu braço delicadamente, disse que estava envolvida com outra pessoa. Nos despedimos carinhosamente e prometemos manter contato. Fiquei devastado. Trocamos mais algumas cartas e falamos algumas vezes ao telefone, mas nossa relação mudou depois desse dia e acabamos nos afastando. Nunca mais tive notícias. Eu realmente não me recordei dela quando você me escreveu semana passada, mas ao reler as cartas que você enviou, todas essas lembranças me voltaram. Fiquei espantado com como havia enterrado tudo isso no fundo da memória, talvez para abrandar a ferida do amor não correspondido. Sua mãe foi muito importante para mim, eu seria incapaz de apagá-la. Infelizmente não tenho guardadas as cartas que ela escreveu, imagino que tenham se perdido. Não tenho quase nada daquela época, além de saudade. Hoje sou pai, avô. Como o tempo passa, Gabriel... Como o mundo é um lugar pequeno e misterioso. Depois de tantos anos, veja só o que acontece. Você encontra essas cartas guardadas há décadas e vem à minha procura. Te agradeço imensamente por lembrar-me de sua mãe. Nunca mais irei esquecê-la."

O filho dá um longo suspiro. Ele aguarda em silêncio enquanto mira a própria imagem ocupando toda a tela do computador. O relógio marca quarenta minutos passados desde a hora marcada. Conformado, decide finalmente encerrar a chamada de vídeo. Fecha o laptop e fica algum tempo sentado à mesa, observando a sala da casa dos avós. O silêncio sepulcral é quebrado pelo barulho de um carro que passa em frente à casa. Ele busca a pasta com as cartas e folheia algumas delas. Dentro das folhas de plástico do catálogo, elas parecem objetos ainda mais raros e preciosos, porém também mais impessoais. Ele remove uma das páginas do plástico, aproxima-a do rosto e cheira o papel amarelado. Não há nenhum odor. *Tudo o que resta.* Ele sente-se ingênuo como uma criança que acredita. Abre mais uma vez o laptop e reserva uma passagem de volta para o dia seguinte.

54.

Última tentativa:

Triste não é ao certo a palavra.

A palavra é ódio.

A palavra mais antiga do mundo, a primeira que todos os homens dizem.

Raiva e rancor. Desesperança e impotência.

A palavra estampada na tua face cadavérica, na baba que escorre da tua boca contraída, nos teus pulsos e joelhos atrofiados.

A palavra que evito proferir enquanto trocam a tua

fralda cheia de merda, enquanto te dão de comer por um buraco na tua barriga, enquanto insistem em pintar os teus cabelos de preto e fazer as tuas unhas.

A palavra que infesta as paredes do teu quarto escuro e gelado conforme os teus dias são prolongados. Que toma conta das quinas e do teto como um bolor, que deixa um rastro séptico no ar que você exala através da tua respiração quebradiça. A palavra que você exclama com os teus olhos esbugalhados.

A palavra que me preenche a boca cada vez que me contam de algum tratamento promissor ou que me dizem que sou forte. A palavra que me toma de súbito quando tento escondê-la dos outros, quando falho em nomeá-la, quando sou covarde. A palavra sempre à minha espreita quando desejo nunca mais te ver.

A palavra que me atinge em cheio o meio do peito quando me autorizo a escutá-la, quando se revela como a única coisa que une o que tento engendrar no passado e o que fantasio no presente. É a palavra que procuro armazenada entre todas aquelas que você decidiu manter, entre as peças do puzzle que faltam e que fabrico em busca da imagem ideal.

É essa a palavra que te imagino lendo nas páginas que escrevo e espalho pelo chão. Deito-me sobre elas e aguardo, mas nada acontece. Não há aqui nada que eu já não conheça. Nenhuma revelação ou conforto. Nenhum lampejo ou alívio. Você não emana da escrita para reparar os termos da minha experiência. Pelo contrário. Você os arrasa cada vez mais. Não há possibilidade de traduzir o teu estrago em algo belo e apresentável. Não há nenhuma chance de reconciliação. Tudo é insuportavelmente irremediável e será pior, até que não mais.

55.

Dia 23/11/93 — terça-feira

Agora as coisas boas.

Estou engatinhando muito bem e já dou os passinhos com mais segurança. Acho que logo logo estou caminhando.

Hoje a mamãe fez um pinheirinho de Natal com muitas luzinhas, quando vi fazia hum! hum! e apontava o dedinho. À tardinha papai e mamãe me levaram pela 1ª vez na beira do mar. Foi no "Pepino". Amei botar os pezinhos e mãozinhas na areia. Tinha uma coisa pendurada num poste que parecia um coador de café vermelho, girava o tempo todo. Papai disse que aquilo era uma "biruta". Me chamou muito a atenção e de novo eu mostrava com o dedinho.

Mamãe acha que começou meu processo de intercomunicação. Quando ela fala comigo, fico olhando nos olhos dela e às vezes abro a boca e faço um barulho. Ela coloca o dedo dentro da minha mãozinha e eu aperto com força, como se estivesse respondendo. Mamãe gosta e eu também.

Reconhecimentos

Na montagem deste quebra-cabeça, roubei peças de Aleida Assmann (*Espaços da recordação: Formas e transformações da memória cultural*. Trad. Paulo Soethe. Campinas: Editora da Unicamp, 2011, p. 248), Georges Perec (*A vida modo de usar*. Trad. Ivo Barroso. São Paulo: Companhia das Letras, 2009, p. 14), Hugo Gonçalves (*Mãe*. São Paulo: Companhia das Letras, 2021, p. 56) e Nuno Ramos (*Ensaio geral*. São Paulo: Globo, 2007, p. 370).

Deixo aqui também meu imenso agradecimento às pessoas que me ajudaram a levantar este trabalho:

A Keyna Eleison, Ulisses Carrilho, Vanessa Augusta, Júlia Portes e, em especial, a Claudia Chigres, pelo acompanhamento cuidadoso e pela orientação imprescindível.

A Zeza Barral, Carolina Muait, Gustavo Cunha, Iuri

Dantas, Patrick Sampaio e Amanda Abreu, pela leitura generosa.

A Aline Bei, por me instigar a voltar à página e me ajudar a fazê-la encontrar o mundo.

A Stéphanie Roque e à Companhia das Letras, por toda a atenção comigo e com este livro.

A Fátima Machado, por me mostrar que eu tinha algo a dizer.

Ao Brecha, pela minha sanidade.

A minha família e amigos, pelo cuidado em todas as horas.

A Cam, por acreditar primeiro.

ESTA OBRA FOI COMPOSTA PELO ACQUA ESTÚDIO EM MERIDIEN
E IMPRESSA PELA GRÁFICA PAYM EM OFSETE SOBRE PAPEL PÓLEN SOFT
DA SUZANO S.A. PARA A EDITORA SCHWARCZ EM MARÇO DE 2023

A marca FSC® é a garantia de que a madeira utilizada na fabricação do papel deste livro provém de florestas que foram gerenciadas de maneira ambientalmente correta, socialmente justa e economicamente viável, além de outras fontes de origem controlada.